글앤북 지식총서 ①

마음의 밭에 달빛을 채우다

선시 읽기

김종만 지음

김문갑(충남대학교 한자문화연구소 연구교수)

엊그제 같은 데, 따져보면 참으로 오래 전 일이다. 중3 때로
기억한다. 반 친구가 4반에 이상한 놈이 있다는 거다. 불교에
완전 미친 놈이란다. 미친 놈? 그러려니 했다. 그러던 어느 날
멀쩡하게 생긴 놈이 우리 교실에 들어오더니 칠판에다 글씨를
써 가며 불교 강의를 했다. 뭐라 지껄였는지 기억에 남는 건
없지만, 생긴 건 그럴싸한 놈이 참 별종이라는 생각은 들었다.
그때가 김종만과의 첫 대면이니, 첫 만남치곤 참 일방적인 셈
이다.

그 후, 고등학교 핑계로 나는 도시로 도망갔고, 이 친구는
그냥 시골 모교로 진학했다. 도시 고등학교에서 한 학기 겨우
마치고 다시 시골로 내려가서 재회한 친구는, 엄청난 거물이
되어 있었다. 친구가 불교학생회 행사를 하겠다고 하자 학교

가 강당을 빌려주었는데, 우리가 다니던 학교는 카톨릭계의 대건고등학교였다. 카톨릭 학교에서의 불교행사라! 이 친구는 일찌감치 종교의 퓨전시대를 열었던 것이다. 그보다 더 놀라운 건 그 행사에 논산시내 여고생이란 여고생은 다 모인 것 같았다. 그것도 예쁜 애들로만. 오로지 김종만이 누구인지 보고 싶어서. 인기가 대단했다!

그리고 찾아 온 사고와 방황. 한동안 많이 흔들리는 모습을 옆에서 지켜봐야만 했다. 공무원생활, 늦깎이 공부. 이곳저곳 떠돌이 삶은 불교신문사에 입사하며 정리된 듯했다. 제대로 된 자기 길에 들어섰다 싶었는데 …… 그곳에서의 삶도 평탄하기만 한 건 아니었다.

그러고 보면 김종만이란 친구, 참 일도 많고 탈도 많았다.

그 탈 많은 긴 세월, 이 친구를 붙잡아 준 건 부처님에 대한 믿음이 아니었을까? 내가 부처를 오로지 머리로 대하는 동안, 친구는 온전히 가슴으로 받아들였다. 그 가슴에 먹피가 응어리질 때도 붉은 신앙심은 변치 않았다. 그 단심이 이 글을 써 내려간 힘이리라.

"근데 말이다. 너 국문학과 다니며 문학 한답시고 는 건 술밖에 없는 걸로 아는데, 언제 이런 글을 썼냐?"

무력함과 게으름에 빠져 있을 때 선시는 매몰차게 다가와 나를 자극했다. 차디 찬 얼음 뼈가 감각 없는 폐부의 세포를 놀래 일으켜 세우듯 선시는 얼음 뼈로 일어서 내 몸 구석구석을 찌르고 핥아댔다. 일말의 동정이나 여지 따위는 두지 않았다. 상처 난 부위, 뼈를 삭여 썪은 물을 만들어내는 곪은 지점에선 더없이 날카로운 형장의 단두검이 되어 나를 윽박질렀다. 결국 기약할 수 없는 추락의 과정에서 나를 건져낼 수 있었던 것은 선시에서 쏘아 댄 메시지 덕분이라 할 수 있다. 그리고 얻게 된 평정심은 젊은 시절의 치기와 욕심을 걷어내는 데 주효했고 50대에 접어 든 인생 후반기를 소박하지만 나름대로 '내 잘난 맛'에 살게끔 위안을 받고 있다.

실은 나는 선시에 대해선 문외한이다. 문학 자체가 절벽인데 선시를 읊조리는 행위가 가당치 않았다. 그러나 불교계 신문 기자로 일할 수 있는 행운이 주어졌고 이로 인해 선시에 접근할 기회마저 얻은 것은 부처님 음덕이 아닐 수 없다. 특히 지금은 뼈 속 깊은 절연絕緣의 아픔에 놓여있지만 정휴 큰스님의 이끄심과 가르침이 배경이 되어 선시에 관심을 갖게 된 것이야말로 나로선 큰 복이 아닐 수 없다. 1998년이 끝나갈 무렵 난 정휴 큰스님의 일갈에 넉다운 되어 불교신문을 사직하고 법보신문으로 넘어갔다. 내 직장생활 최고의 잘못된 선택이었다. 법보신문의 노사간 충돌이 다 해결된 줄 알았으나 진행과정에 있었던 것이다. 결국 내 출근이 남의 밥그릇을 빼앗는 꼴이 되고 말았으므로 첫 날부터 후회막급 했으나 어찌 발길을 돌려나올 수 없어 1년을 버텼던 것으로 기억한다.

후회와 무력감을 남몰래 폐부를 자학하는 신음으로 달래고 있을 즈음 법보신문 편집고문으로 있었던 정휴 큰스님이 선시를 종류별로 나누어 연재할 것을 제의하셨고 이것이 선시 입문의 계기가 되었다.

이 글은 1999년 6월부터 12월까지 당시 법보신문에 '선시를 찾아서'란 제목으로 연재한 것이다. 당시 석지현 스님의 『선시감상사전』민족사 간과 고故이원섭 선생의 『선시』, 그리고 고려대 인권환 교수님과 권기호 경북대 명예교수님의 선시 관련 글들에서 소중한 도움을 받았음을 밝힌다. 또 중국 선사들의 발자취를 좇아 써 낸 이은윤 전 중앙일보 종교전문 대기자의 저술도 선시 초보자에게 내공을 길러주었다.

이렇게 다져진 선시감상의 이력으로 말미암아 2000년 3월

『불교평론』 '봄호'에 「오도송에 나타난 네 가지 특징」이란 논문을 게재하는 영광을 안았다. 이 글은 책 말미에 수록했다.

　서랍장 속 원고를 다시 꺼내든 것은 용기보단 치기 쪽에 가깝다. '문인도 아닌 주제에'라며 주저하는 쪽보다 '문인이 아니므로 욕먹어도 욕이 아니라'는 당찬 치기가 원고 손질에 힘을 보탰다. 누구보다 내가 몸담고 있는 『불교저널』 발행인이자 재단법인 선학원 이사장 법진스님에게 깊이 감사드린다. 대학 졸업하고 교계언론기자로 발 들여 놓은 그때 그 초발심을 느끼며 소일하게 해주는 고마움이란 다 말로 표현하지 못한다.

　여러 가지로 부족한 글을 표지그림으로 살려주신 동국대 김대열 교수님과 기꺼이 출판을 수락해 주신 한신규 대표님, 글앤북출판사 편집진에게도 감사드린다.

　또 '내 삶의 시'로 늘 희로애락을 같이하는 내자 강순옥과 딸 소연, 아들 보운에게도 이 책이 작은 선물이 되었으면 한다. 아이들에게 매일 술 먹는 아버지라는 가벼운 존재인식이 조금은 바뀌었으면 하는 바람도 가져본다.

불기 2557년 끝자락에
안국동 향나무 아래에서
퇴월退月 김종만 씀

차례

마음의

밭에

달빛을

채우다

기존 관념 깨야 초대받을 수 있는 무한의 세계

선시禪詩는 문단의 내로라하는 시인들도 범접을 부담스러워하는 문학 장르다. 종교적 세계를 차치하고라도 일반 문학의 경계마저 허물어뜨리기 일쑤이기 때문이다. 일반상식을 뛰어넘는 파격과 반전은 문학의 지평을 가늠할 수 없을 정도로 넓혀왔고 여기에서 무르익은 무한의 사상적 꽃망울은 지금도 문학의 감수성을 언제든 터뜨릴 준비가 되어 있다. 그러므로 선시는 한결같이 시대와 장소를 초극한다는 공통점을 보여준다.

음미할수록 강렬하게 뿜어 나오는 메시지, 한자 한자마다 감상하는 이의 편협한 생각과 경직되고 부자유한 사고를 일깨우는 미학의 물줄기라 할 수 있다. 또한 선시는 무궁한 세계를 펼쳐 보인다. 무궁한 세계는 경험적 의식마저 초극한다. 그러므로 무변무극의 의식을 동반해야 한다. 다시 말해 의식적 초월의 전제가 이루어지지 않고선 선시의 세계에 들어갈 수 없다는 점에서 선시는 '죽은 말'이 아니라 본질을 일깨우는 '산 말'이다.

더욱 중요한 것은 체험의 경험에서 나오거나 자연과의 합일에서 이루어지는 선시는 옛 선사禪師들의 발자취를 더듬다 보면 그들의 무한 상상력이 어디에까지 펼쳐지는지 우리를 놀라게 한다.

우선 본격적인 선시 여행에 앞서 선시란 무엇이며 그 형성과 전개가 어떻게 이루어졌는지를 살펴보는 것도 중요한 의미를 안겨준다. 이에 따라 선시를 공부하는 학자들의 기존 이론을 살펴 일반적인 개요를 알아보고자 한다.

선禪은 '언어도단 불입문자言語道斷 不立文字'라 하여 일체의 사려분별이나 언어 문자에 의한 표현을 거부한다. 깨친 바를 마음에서 마음으로 전하는以心傳心 것이 선불교라 할 때 문자의 수단을 빌어 표현하는 시와 선이 어떻게 결부돼 선시로 나타나는가는 가장 중요한 의문중의 하나다.

이에 대해 선시 연구에 있어서 깊은 경지를 보여주고 있는 고려대 인권환 교수는 네 가지로 분석하고 있다.

첫째 선과 시의 본질적인 정신적 원천에 있어서의 상통성이다. 선이 세계와 자아의 본질을 깊이 있게 탐구하고 이를 위해 풍부한 상상력과 예리한 관찰 등을 통해 현묘玄妙한 경지에 이르고자 한다면 시 역시 사물과 인생의 본질을 추구하고 미적 가치를 발견하려는 창작의 태도를 보여주고 있다는 것이다. 또한 지극히 압축된 언어, 비약적이고 비유적이며 고도로 상징화된 언어의 사용 등 그 사고와 언어 표현에 있어서 선과 시는 공통적인 특질을 갖고 있다는 것이다. 이러한 조건이 딱 맞아 떨어져 선시 발생은 아주 자연스럽게 이루어졌다고 보고 있다.

둘째, 자신의 심경을 시 형태에 담아 나타내는 선사들의 태도다. 오도적 체험, 증도의 과정은 물론 법열적法悅的 경지나 선적인 생활 등을 시화詩化하는 선사들은 깨달음에 이르면 오도송 또는 개오시開悟詩를 읊고 심산고찰 속의 산중 생활도 선취가 가득 담긴 산거시山居詩로 표현한다. 마지막 세상을 떠나면서도 임종게나 열반시를 남기며 심지어는 제자들과의 법거량에 시를 이용하기도 한다.

셋째, 공안 즉 화두와의 관계다. 공안이란 선 수행에 있어 의정疑情을 일으키는 방편인데, 깨달음의 실마리가 됨과 동시에 마침내 견성오도를 이루는 수단이 된다. 이들을 모은 것이 '공안집'이다. 조주종심의 <조주록>, 임제의현의 <임제록>, 설두중현의 <벽암록>, 무문혜개의 <무문관> 등으로 이들 공안에 대한 평창評唱 선원에서 옛조사들의 이야기를 평하고 제창하는 것, 착어着語 공안에 대해 자신의 견해를 내리는 단평, 송頌 등을 붙이는데 그중에는 시적 표현으로 돼 있는 것이 많다. <금강경오가해> 중의 '야부송'이 대표적이다. 이들은 그대로 선시집이라 할 수 있다.

넷째, 선시의 기원은 이미 불전의 형태에서부터 찾을 수 있다는 것이다. 초기 불전은 대략 12가지로 분류되는데 이를 12분교라 한다. 그중 기야祇夜와 가타伽陀는 모두 시적 양식을 일컫는다. 즉 기야는 응송應頌 또는 중송重頌이라 하는 것으로 경전의 형태상 앞에서 길게 쓴 산문의 내용을 운문으로 요약하거나 부연하여 경의 중간 또는 끝에 다는 송을 말한다. 가타는 게송 또는 풍송諷頌이라 하는 것으로 중송처럼 산문에 뒤따르는 운문이 나오고 전체가 단독으로 운문의 형태를 취하고 있는 것을 가리킨다. 이들은 대체로 4언 5언 혹은 7언의 시형을 지니고 있고 이들이 합쳐져 4구 또는 5, 6, 7구를 이룰 때 이를 송이라 한다.

이처럼 범어원전에서부터 이들 운문들이 중국에 와 한역되면서 한시 형태를 지니게 되었고 이를 바탕으로 불교 운문문학이 발전되었다는 것이다.

실제로 선시의 어원은 중국에 들어와 음역된 가타^{gata}라는 산스크리트어로부터 시작된다. 다시 말해 가타는 불전의 운문 체로서 불덕佛德을 찬탄하거나 산문을 마무리하는 운문형식이 다. 이들 불전의 운문이 개인적인 창작에로 전화되면서 송이 나 찬으로 발전되었고 불교시, 선시의 창작에로 나아갔다.

특히 표의문자인 한문은 상상력과 결부돼 선시의 부흥을 일 으키는데 촉진 역할을 맡게 된다. 그러므로 <시경><초사> <한위>시대의 고시古詩이래로 시가詩歌전통을 갖고 있던 중국 은 선시의 중요한 연원이 되기에 충분했다. 중국시가의 황금 기는 당대唐代였다고 볼 수 있다. 아울러 중국불교의 전성시대 이기도 했던 이 때 선시창작이 최고로 활발하게 이루어졌다. 이백 두보 왕유 등 기라성 같은 대가들이 수준높은 걸작을 쉼 없이 쏟아냄으로써 최고의 전성기를 이루었던 것이다.

선문에서도 육조 신수 백장 마조 임제 조주선사 등이 선풍 을 높게 몰아치며 줄을 이어 탄생했다. 아무리 높고 깊은 산도 개산조의 주석을 계기로 일대의 가풍을 형성하며 선풍을 선양 했다. 선사들의 게송은 선시로 표현됐다. 이로 인해 선시일여禪 詩一如의 경지가 확연히 드러났다.

무엇보다 한산의 출현은 선시의 발전에 커다란 촉매제가 되었다. 한산은 벽과 나무와 땅 등에 즉흥적으로 떠오른 시상詩想들을 새겨놓았는데 이러한 시를 한 데 모아 만들어 낸 책이 전 3권의 『한산시』이며 선시의 기초가 되었다고 석지현은 그의 저서 『선시』현암사, 1975에서 밝히고 있다. 석지현에 의하면 한산으로부터 시작된 선시의 물굽이는 중국이 가진 한자 특유의 시적 분위기에 깊이 배어들어가 당 시단의 전성기를 구가했다는 것이다. 중국의 문화사학자 위승사魏承思도 그의 저서 『중국불교문화논고』에서 "세속의 지식인들도 불교, 특히 선불교를 깊이 공부하였고 승려들도 세속의 시인들과 덩달아 시를 즐겨 지었다"며 당대의 분위기를 전하고 있다.

선시는 파격적인 인식타파와 메시지 등으로 울림이 컸다. 이것은 야부의 「야부송」과 설두중현의 「송고백측」이 나오면서 더욱 큰 지평을 열었다. 여기에 원오극근이 「송고백측」에 평창 타시 착어를 덧붙여 낸 『벽암록』이 나오고 또한 무문혜개의 『무문관』이 나오면서 선가는 그 위용과 위의를 세속사회에 더욱 넓혀 나갔다.

하지만 어느 세상이든 화려한 꽃이 피고 나면 제 몸을 떨쳐내야 하는 게 이치다. 선시의 세계도 야부와 설두에서 크게 외연을 확대하며 정점을 찍었지만 이후로 조용히 침체의 길로 분위기가 가라앉았다. 선시의 메시지나 울림이 크게 줄어든 것이다.

우리나라에선 13세기 초 혜심慧諶을 필두로 선시의 세계가 활짝 열렸다고 보는 게 통설이다. 선사상은 8세기 초 유입되었으나 선시라고 할 만한 작품은 상당기간 나타나지 않았다. 모두 교학과 관련되어 있으며 형식도 문학적으로 세련되지 못했다. 원효의 '미타증성가'와 『금강삼매경론』 말미의 게송, 사복이 모친 장례 때 지은 게송, 의상의 '법성게' 정도가 있으나 모두 교리를 위주로 지어진 글이다. 따라서 문학성이 뒤를 받혀주지 못하고 있다는 지적이다.

또한 나대羅代까지만 하더라도 한시로 표현하는 자체가 아직 익숙하지 않던 시기라서 한시보다는 오히려 향가에서 불교사상을 문학적으로 더 잘 형상화했다는 게 학계의 분석이다.

그러나 한국 불교 선시는 중국과 시기를 달리하며 나름대로 독자적인 선시 세계를 열었다. 말하자면 중국 선시가 침잠의 늪으로 가라앉을 때 고려조를 넘어 조선시대, 그리고 근세의 고승 경허선사에 이를 때까지 선시의 대종장들이 간단없이 배출됐다. 그 계보는 독자적인 한국불교의 선시를 바탕하는 것이었고 한국불교의 격조를 높이는데 일조했다.

우리나라 선시의 효시

제망매가祭亡妹歌

우리나라의 초기 시가에선 역시 향가가 불교사상과 문학적 가치를 한층 더해주고 있다. 특히 선시의 효시라 할 수 있는 향가 가운데 제망매가祭亡妹歌는 다른 향가에 비해 노랫말이 쉬우면서도 절실하고, 시상의 전개가 간결하면서도 명쾌한 대표적인 작품으로 꼽힌다.

삶과 죽음의 길은 예 있으매 머뭇거리고

나는 간다는 말도 못다 이르고 어찌 가나닛고

어느 가을 이른 바람에 이에 저에 떨어질 잎처럼

한 가지에 나고 가는 곳 모르온저.

아아, 미타찰彌陀刹에서 만날 나 도道 닦아 제망매가祭亡妹

歌기다리겠노라.

— 월명사 '제망매가' 전문

이 시의 작자 월명사는 신라 경덕왕 때의 고승이다. 기파랑
의 낭도로서 향가와 범패에 능했다. 특히 피리를 잘 불어 달밤
대로에서 피리를 불면 가던 달도 멈춰 서서 이 소리에 취했다
고 한다. 누이동생이 죽자 월명스님이 이 노래를 지어 부르자
문득 바람이 일더니 지전紙錢이 서쪽으로 날아갔다고 한다. '지
전'은 죽은 이가 저승길에 잘 가도록 기원하며 태우는 종잇돈
을 말한다. 죽음의 허망함과 쓸쓸함은 누구나 느끼는 인지상
정이다. 더군다나 옛사람들은 죽음에 대한 두려움이 한층 더
했을 것이다. 죽음 너머에 있는 미지의 세계에 대한 두려움,
당시 사람들은 절망감과 두려움으로 죽음을 맞이했었다. 이러
한 때 월명스님은 죽음에 대한 인간적 슬픔과 두려움을 종교
적으로 승화시켰다. 아미타불이 있는 서방정토에서 다시 만나
기 위해 열심히 도를 닦겠노라는 다짐이 곧 그것이다.

그래서 죽음은 슬픔이 아니라 적멸을 이루어 불멸의 법칙으로 다시 탄생되고 적멸은 즐거움이 된다. 월명스님은 누이동생을 해탈의 세계에서 만날 것을 기다리고 있다. 만남이 있기 때문에 누이의 죽음이 슬픔이 되지 않는다. 바로 이것이 불교의 연기법에 의한 가르침이고

또한 선시의 미학이다.

선시의 맛은 이처럼 세상 사람이 모두 감복할 정도로 반전을 통한 사고의 지평을 한없이 넓히는 데 있다. 여기에 문학적 감수성을 바탕으로 한 뛰어난 시어가 가미된다면 그 상상력은 무한한 힘을 갖게 되는 것이다.

시와 선이 만나는 합일점

원왕생가 願往生歌

달님이시여, 이제

서방까지 가셔서

무량수불전에

일러다가 사뢰소서.

다짐 깊으신 부처님을 우러러

두 손을 모아 올려

'원왕생 원왕생'

그리는 사람 있다고 사뢰소서.

아, 이몸을 남겨두고

사십팔대원을 이루실까.

　문무왕 때다. 광덕廣德과 엄장嚴莊이라는 두 사문이 있었다. 둘은 우정이 매우 돈독한 도반이었다. 그들은 서로 "먼저 서방정토에 가는 사람이 알려주기로 하자."고 약속했다. 광덕은 분황사 서쪽 마을에 은거하며 신 삼는 것을 업으로 아내를 데리고 살았고 엄장은 남악에 암자를 짓고 농사를 지으며 살았다. 어느 날 해 그림자가 붉게 노을 지고 솔 그늘이 고요히 저물 무렵 창밖에서 들려오는 소리가 있었다.

　"나는 이제 서방으로 가네. 그대는 잘 지내다가 속히 날 따라오게."

　엄장이 문을 열고 나가보니 구름 밖에 천악天樂이 울리고 광명이 땅에 뻗어있었다.

　이튿날 엄장은 광덕의 거처로 찾아가 보았다. 광덕이 과연 죽었다. 이에 엄장은 광덕의 처와 함께 유해를 거두어 장사를 지냈다. 어느 날 엄장이 광덕의 아내에게 말했다.

　"남편은 이미 갔으니 나와 같이 사는 것이 어떻소?"

　광덕의 아내는 좋다고 했다. 밤이 되어 엄장이 정을 통하려 하자 광덕의 아내는 "스님이 서방정토를 구하는 것은 나무에서 고기를 구하는 것과 같소."라며 거절했다. 엄장이 놀라고 괴이하게 여겨 "광덕이 이미 그러고도 서방정토에 갔는데 낸들 안 될게 뭐요?" 따져 물었다. 광덕의 아내는 "내가 그분과 10년을 넘게 살았으나 하룻밤도 잠자리를 함께 하지 않았소. 그분은 매일 밤 단정히 앉아 한결같은 소리로 아미타불을 염송했고 십육관을 지어 미혹을 깨치고 달관해 밤에 달빛이 창에 비치면 때때로 그 빛 위에 올라 가부좌하기도 했소. 정성을 다하기 이와 같이 했으니 비록 서방정토로 가지 않으려고 한들 어디로 가겠소. 대개 천리를 가려는 자는 그 첫걸음으로 재어볼 수 있다 했으니 이제 스님의 관은 동쪽으로 가는 것이라고 할 수는 있어도 과연 서방으로 가려는 것인지 모르겠소."라며 나무랐다. 엄장은 부끄러워 물러나온 뒤 곧 원효대사의 거처로 나아가 득도의 요체를 간절히 요구했다. 원효대사는 삽관법揷觀法을 지어 지도했다. 삽관법은 서방정토에 왕생할 수 있는 염불법의 하나로 관상염불로 분류된다. 엄장은 잘못을 뉘우쳐 스스로 꾸짖고 한 뜻으로는 원효대사의 지도를 받아 도를 이룬 뒤 마침내 서방정토에 가게 됐다.

광덕의 아내는 분황사의 사비寺婢로 십구응신十九應身의 하나인 관음보살의 화신이었다고 전한다.

『삼국유사』 '광덕 엄장'에 나오는 이야기며 '원왕생가'는 여기에서 소개되고 있다.

'원왕생가'는 '선시'로서 손색없이 뛰어난 요건을 갖추고 있다. 우선 선과 자리를 같이하고 있다는 점이다. 시와 선이 만나는 합일점. 불입문자 언어도단이지만 마음에서 얻은 말이나 문자는 무엇이든 선지禪旨가 된다. 언어의 가치를 부정해 놓고 나서 다시 언어의 사용을 긍정하고 있는 것이다. 불입문자가 곧 불이문자不離文字와 상통되는 이치와 같다.

말의 가치가 구도와 득심의 방편으로 긍정될 때 선시의 존재가치가 드러나는 법이다. 선은 인간과 우주의 근본실체를 깨닫는 방법이다. 근본실체가 무엇인지 알고 나면 삶과 죽음을 초월한다. 나아가 우주의 원리를 체득함으로써 자유자재한 생활을 할 수 있다. 그렇지만 선시일여禪詩一如라 해서 예술적 직관만으로 깨달음으로 나아갈 수는 없다. 자칫 '말장난' 즉 언어의 희롱에 빠질 수도 있다. 중요한 것은 선리의 깨침이 바탕이 돼야 한다는 점이다. 즉, 선리의 묘미를 깨치지 않고서는 선시의 절묘함과 완벽성에 도달하기란 아무래도 불가능하다고 보여진다. 선의 세계는 인간의 정서나 감수성으로 느낄 수 있는 그런 성질은 아니기 때문이다. 선은 체험體驗 체득體得 육화肉化를 전제로 해야만 맛볼 수 있는 세계다. '초월의 진리'도 사실 경험적 사고와 체험이 있고 난 후에 얻을 수 있는 세계이기 때문이다. 그래서 육화라는 직접적 경험은 매우 중요한 자산이 된다. 단순히 상상에 의지하는 것은 그 의식의 세계마저 왠지 빈약해 보일 뿐이다.

광덕과 엄장이 서방정토에 갈 수 있었던 점은 관법觀法을 잘 닦은 수행에서 기인한다. 자기를 범하려는 엄장에게 놀라운 사실을 털어놓는 광덕 아내의 말은 광덕이 평소 수행을 얼마나 지극정성으로 다했는지를 시사한다. "남편은 나와 10년 넘게 살았지만 하룻밤도 잠자리를 함께 하지 않았습니다. 다만 매일 밤 단신정좌하여 한 소리로 아미타불의 이름을 외우고 혹은 십육관을 지어, 관이 무르익으매 명월이 창에 비치면 그 빛 위에 가부좌하였습니다."란 이 말에 부끄러움을 이기지 못해 물러나온 엄장은 곧 원효 대사에게 달려가 간곡하게 진요津 要: 왕생할 수 있는 중요한 방법를 배우고자 청했고 원효 대사의 지도대로 열심히 수행해 마침내 서방정토로 갔다는 것은 수행의 극치가 어떠했는지를 말해주는 대목이다.

'원왕생가'는 저자 광덕의 깊은 수행을 엿보게 하는 시다. 광덕은 무엇보다 왕생에 대한 일반대중의 기존 인식을 바꾸어 놓고 있다. 서방정토는 여기서부터 10만억의 불국토를 지나 있는 세계다. 만일에 걸어서 가자고 한다면 몇 생애 수십 겁을 지내도 도달할 수 없다. 그러나 수행을 완성하는 그 순간 그 자리에 안양安養의 정토가 열린다는 것을 광덕은 이 시를 통해 역설하고 있다. 왕생이란 곧 '가서 태어남'이 아니라 수행을 완성할 때 이미 다가와 있는 세계다. 물론 이러한 메시지는 광덕의 창작물은 아니다. 불교의 가르침이 그런 것이다. 단지 대중들이 이 가르침을 진실대로 인식하고 있지 못한 것을 광덕이 일깨우고 있다.

원왕생가는 또한 이미지 표현기법이 뛰어나다.

"달님이시여, 이제 서방까지 가셔서 무량수불전에 일러다가 사뢰소서."

시적으로 중심기능을 수행하고 있는 노래 속의 달은 광덕이 지게문을 통해 비치는 달빛을 타고 가부좌하여 관상觀想하던 바로 그 달과 일치한다. 달에 비겨서 왕생을 발원하는 노래의 정황 또한 광덕이 관을 닦던 그러한 수행의 실제적 정황과 일치한다. 달은 아름답고 충만한 정서적 이미지 이상의 뜻을 함축하고 있다.

후대의 선시들에서도 달은 중요한 이미지로 등장한다. 실제로 "부처는 밝은 달과 같다."『대반열반경 '월유품'月喩品』는 경전구절이 대표적이다. 또 부처님이 태자로 있던 전생시절의 이름이 '월광태자'月光太子'다. 이처럼 불교가 달과 함께 갖는 이미지는 상당히 많다. 이러한 배경 탓도 있겠지만 옛 고승들의 선시엔 달이 시적 '이미지어'로 자주 등장하곤 한다.

나옹화상이 그랬고 만해 한용운 선사에 이르러서도 달을 모티프로 하는 몇 개의 작품이 나타난다.

현대시는 이미지즘을 필두로 시의 음악성보다 시의 회화성을 더욱 강조한다. 특히 요즘처럼 영상매체가 발달된 시대에서 회화성은 매우 중요시되는 기법이라 할 수 있다. 이미지가 없는 시는 시가 아니라는 극언이 나올 정도다. 브룩스Brooks는 "시는 추상이 아니라 구체적으로 특수한 것을 통하여 추상인 의미를 전달한다."고 했다. 여기서 '구체적으로 특수한 것'이 이미지다. 달을 통하여 서방정토에의 염원을 '원왕생가'는 아주 소박하면서도 간절하게 기원한다. '원왕생가'에서의 달은 그러니까 작자와 서방에 계신 무량수불을 매개하는 중개자로서의 달이다. 달이 종교적 정서로 변환되면서 어떤 신적 힘과 상징성을 갖게 된다. 다시 말해 달이 정토를 지키는 아미타불과 직접 연관되면서 단순한 매개자 이상의 의미를 지니게 된다는 것이다. 나아가 브룩스의 지적처럼 시가 추상을 구체화하는 것이라면 원왕생가는 당시 미타신앙에 대한 구체적 표현이라는 점에서 주목된다.

당시 신라사회는 정토신앙이 일반 민간에 퍼져가고 있던 시기였다.

죽음에 대한 불안과 내세에 대한 막연한 동경이 싹트고 있을 무렵 정토신앙은 하나의 희망이자 메시지였다. 이러한 때 광덕은 아미타불에 의한 타력신앙의 관념을 이끌어내면서도 48대원의 성취를 이루려는 강력한 종교적 의지를 발현시키고 있다. 48대원이란 무엇인가. 아미타 부처님이 전생에 법장비구로 살 때 "만일 내가 성불하려 할 때 이러이러한 고통스러운 일들이 중생 속에 남아있는 한 부처가 되지 않겠다."고 밝힌 마흔 여덟 가지의 대서원이다. 죽음도 고통도 벗어버리고 영원히 살아갈 수 있는 극락세계. 바로 이 48대원에 의해 아미타불이 서방정토를 일구어냈다. 그런 아미타불에게 광덕은 말한다.

"아, 이 몸을 남겨두고 48대원 이루실까."

이는 48대원의 근본취지는 성취되었으나 아미타불이 구제해야 할 중생의 역사는 계속되고 있음을 암시함으로써 정토신앙의 지평을 제시하고 있는 것이다. 앞서 간절히 청원하고 있는 '원왕생願往生'이 비단 광덕 자신에게만 국한시키지 않고 중생들과 함께 이뤄야겠다는 서원의 확산이며 비원으로 발전하고 있는 셈이다. 간결한 어문, 평이한 표현임에도 불구하고 추구하는 내용은 섬광처럼 격렬한 메시지를 담고 있는 것이다. 원왕생가가 선시적 특질을 갖고 있는 중요한 맥점이다.

선림 불후의 명작

신심명信心銘

지극한 이치여, 어려울 게 없나니

주의할 건 오직 하나, 밉다 곱다 가림이네

밉다 곱다 가리는 그 마음만 버리면

저 하늘 보름달이듯 넓게 빛나리.

至道無難　唯嫌揀擇

但莫憎愛　洞然明白

대도, 즉 깨달음을 구하기 위해 세속의 온갖 유혹을 뿌리치고 삭발 수행의 길로 들어선 이들에게 초발심의 원력만큼 그 길은 결코 간단치만은 않았다. 비록 출가대장부라고 하나 진척없는 깨달음의 공부 앞에서는 절망하기 일쑤다.

더군다나 불교핍박의 훼불정책이 극심하던 시절, 득심得心의 순간은 없고 절망 그 자체가 오래 지속된다면 젊은 수행납자들의 미래 또한 암담할 수밖에 없다. 이러한 때 '선불교의 가르침은 이런 것이다'라는 핵심을 전하고 있는 중국 선종의 제3조 승찬?~606의 명저 『신심명』이 세상에 나왔다. 선림 불후의 명작으로 꼽히는 『신심명』은 후대 선사상에 지대한 영향을 끼쳤고 선수행자들에겐 일종의 좌우명으로 여겨졌다.

『신심명』은 첫마디부터 예사롭지 않다. "지극한 이치여, 어려울 게 없나니至道無難"로 시작한다. 선문에 들어 선 사문들이 모두들 도를 구하기가 어렵다고만 여기고 있을 즈음 승찬은 '도의 이치'가 세수하는 것보다 쉽다고 갈파했던 것이다. 『신심명』은 이를 전제해 놓고 "언어의 길이 끊어짐이여, 어제와 내일과 오늘 일이 아니네.言語道斷 非去來今"로 끝난다. 모두 146구 584자로 이루어져 있는 게송형식의 법문이다.

'명銘'이란 좌우명 혹은 심명心銘 등 마음 깊이 새겨둘 만한 격언 또는 영구히 기념할 만한 비명碑銘같은 것으로 4자를 1구句, 4구를 1절節로 엮어가는 것이 원형이다. <신심명>은 형식과 구조를 살펴볼 때 전편이 '기승전결'의 형식을 갖추고 있어 시가로서의 가치를 한층 높이고 있다. 나아가 이 글이 명작으로 꼽히는 이유는 기존의 관념을 반전시키면서 간단명료하게 전하고자 하는 가르침의 핵심을 정리해 나가고 있다는 점에서다. 그러면서도 사고의 지평을 통연명백洞然明白하게 넓혔다는 점이 선사상 발전에 불을 지폈던 계기가 된다. 당시 수행자들은 불교핍박의 법난法難으로 인해 잔뜩 움츠러져 있었고 암울한 시대를 건질 위세당당한 큰스님의 출현을 간절히 바라고 있었다.

승찬 스님 역시 선종 사상 두 번째 법난이었던 북주 무제561~578 때 환공산 깊은 산에서 법난을 피하며 은거생활을 하고 있었다. 무제는 이때 불교의 재산을 국고에 충당하려는 정책을 폈고 '검은 옷을 입은 사람이 왕이 된다'[黑衣當王]는 참언에 넘어 가 불상과 경을 태우고 3백여만의 승니를 환속시키는 최대의 법난을 자행하며 악명을 떨쳤다. 수행자들은 당연히 두려움과 절망감에 사로잡혀 있었을 것이다. 이러한 때『신심명』은 구법과 수교守敎를 위한 횃불이었고 법난으로 상처받은 옹졸한 사고를 깨뜨리는 파격의 전단傳團이었다.

실제로『신심명』은 중국 사회 특유의 '만물일체 사상'을 자극하면서 사상의 지평을 확대하는데 커다란 기여를 했다는 평가를 받고 있다.

『선시감상사전』을 낸 석지현 스님은 이러한 점에 근거해 『신심명』을 선시의 '심전시心田詩'로 분류한다. '심전시'란 마음의 불가사의한 작용을 읊은 시를 말한다. 『신심명』은 구절구절마다 '마음의 밭'을 일구게 하는 위력적인 힘을 보여준다. 앞 구절의 '밉다 곱다 가리지 말라'며 '그 마음만 버리면 도는 밝은 달처럼 확연히 드러난다.'는 식이다. 물론 가르침의 핵심은 '부정과 긍정의 이원적 입장에 머물지 말라.'는 것이다. 그런데 그 가르침의 요체는 갈수록 보다 구체화된다.

> 털끝만한 그 차이에서
> 하늘과 땅의 다름이 생기나니
> 분명히 깨닫고자 하거든
> 비위에 맞느니 틀리느니 그런 생각 두지 말라.
> 毫釐有差 天地懸隔
> 欲得現前 莫存順逆

털끝만한 차별이 있어도 궁극엔 하늘과 땅처럼 벌어진다고 했다. 우리는 이를 '엇나간다'는 것으로 비유할 수 있다. 단

0.0001도의 차와 간극이 있다고 한다면 궁극에 가서는 엄청난 벌어짐이 이루어지는 것은 수학 공식에서도 찾아볼 수 있다. 따라서 수행자들에게 차별심과 망념이란 털끝만큼만 두어서도 안된다. 그것이 결국 나의 본심을 가려서 불성, 깨달음과는 무관하게 더욱 멀어져 가기 때문이다.

그래서 스승들은 제자들에게 이 같은 분별심을 호되게 나무란다. '나는 중생이다' 혹은 '나는 훌륭한 사람이다' 등등 이러한 '가름의 생각'은 절대 가져서는 안 된다고 경계하는 것이다. 설사 이런 생각을 뛰어넘어 '조금도 어긋나지 않음을 증득했다'하더라도 증득 이전과 증득 이후가 같은 것인데 그것을 차별하여 '말려듦'이 있다면 그 또한 틀리다고 말하고 있다.

'마음'을 닦는 '심전의 노래'는 계속 이어진다.

잠든 물결 휘저어 물 재우려 하면
자던 물만 더욱 더 깨어나리니
고요함과 시끄러움, 이 두 곳에 걸리면
이 두 곳을 넘어선 그 곳 어찌 알리.
止動歸止 止更彌動
唯滯兩邊 寧知一種

역시 마음을 닦는 요령을 일러주고 있다. 그 요령이란 다름 아니다. '이렇다 저렇다' 가리지 않는 그 마음도 의도적으로 시도해서는 안 된다는 점을 일깨우는 지적이다. 수행자들은 누구나 마음을 고요히 하려한다. 그러나 억지로 마음을 고요히 하려 하면 고요히 하려는 그 의도적인 시도 때문에 마음은 더욱 혼란에 빠진다는 것이다. 이 글에서의 '지止'는 삼매三昧를 의미하는 것으로 '마음의 물결이 자는 상태'로 풀이된다. 여기에서 '지'란 단어를 통해 시가를 읽어내는 실력이 보통 수준을 훨씬 뛰어넘는다고 평가된다. 운문韻文의 흥을 수준급으로 보여주는 예라고 할 수 있다. 그리고 그로 인해 가르침이 더욱 절절하게 전달되는 내용은 뒤에 계속 이어진다.

말이 많고 생각이 어지러우면
점점 깨달음과는 멀어지리니
말이 끊기고 생각의 바람이 자면
통하지 않는 곳 없을 것이네.
多言多慮 轉不相應
絶言絶慮 無處不通

'다多'와 '절絶'을 대구對句로 하면서 구사하는 언어의 기교가 예사롭지 않다. 이러한 운율이 박자를 타면서 전달하고자 하는 메시지의 효과를 상승시키는 작용을 하고 있다. "언어를 절제하고 사고를 절제하는데 깨달음의 길이 있다."는 가르침인데 그냥 말로 전하면 평범할 수밖에 없을 내용이 문학적 언어의 기교를 통해 언어의 기품을 높이고 있을뿐더러 메시지의 전달 효과도 높이고 있는 것이다. 이렇듯 간결하면서도 명료한 시어들은 수행자들에게 쉽게 기억되면서 암송의 층을 넓혔을 것으로 추측된다.

　따라서 『신심명』의 내용은 많은 수행자들에게 널리 암송되면서 수행의 길잡이 역할을 톡톡히 해냈다는데 주목할 필요가 있다. 실제로 『신심명』은 전반에 걸쳐 시구詩句를 효과적으로 사용하면서 대대법對對法을 통한 선리禪理의 핵심을 명확하게 전달하고 있는 특징을 보여준다. 대대법은 상대적인 개념, 또는 상대적 용어들을 나란히 배열하는 어법이나 필법을 말한다. 다음의 게송은 이의 극치를 보여준다.

　　　두 가지 대립은 하나 때문이니
　　　하나 이것마저 지키지 말라

한 생각 물살도 일지 않으면

이 세상 그대로 답할 필요 없네.

二由一有 一亦莫守

一心不住 萬法無咎

'두 가지'□가 대립되는 상대개념이라면 '하나'□는 상대개
념을 초월한 절대개념이다. 이것이 서로 대립하는 이유는 어
느 하나를 설정해 놓았기 때문이다. 그 하나가 목숨처럼 소중
하게 아끼는 것일지라 하더라도 승찬선사는 버리라고 당부한
다. 그럴 때 만법이 잘못됨이 없음을 비로소 깨달을 수 있다는
것이다. 이는 '하나'를 놓는데 '모두'를 얻는다는 역설의 가르
침이다. 승찬선사는 '일체만물이 하나'라는 개념마저도 용서
하지 않는다. 그마저 버릴 때 비로소 일체만물이 열린다는 현
묘한 가르침을 납자들에게 전하고 있다. 선시의 독특함이 가
장 짙게 배어있는 대목이다. 승찬은 끝으로 말한다.

믿음과 마음은 둘이 아니요

둘 아닌 이것이 바로 신심인 것을

언어의 길이 끊어짐이여

어제와 내일과 오늘 일이 아니네.

信心不二 不二信心

言語道斷 非去來今

『신심명』의 종지는 여기에서 나타나고 있다. 중생의 사고와
범부의 세계는 절대적이거나 진실이라고 말할 수 없다. 그러
므로 말을 끊어내고 마음의 절대세계를 열어나가야 한다. 이
를 강조하기 위해 승찬은 깨달음의 세계인 진여가 언어 논리
의 영역을 끊어버린 것에 있음을 강조하고 있다. 그러므로 진
실의 세계는 어제 오늘 내일의 시간적 분별과도 결별하라는
메시지를 담고 있는 것이다. 언어도단을 내세우기란 승찬도
마찬가지다. 그러면서도 승찬은 장광설長廣舌로 깨달음의 세계
를 수행자들에게 보여주려 애쓰고 있다. 또 그의 말에는 자연
스레 위엄이 깃들어 있고 '산 말'들이 거침없이 쏟아지고 있다
는 점에서 『신심명』은 '밝은 달'처럼 빛나고 있는 것이다.

사고의 역발상

교류수불류橋流水不流

빈손에 호미 들고

물소 등에 올라앉아

다리 위를 지나는데

다리는 흘러가고 물은 흐르지 않네.

空手把助頭 步行騎水牛

人從橋上過 橋流水不流

이 글의 주인공 부대사傅大士 497~569는 속성이 부씨로 위진남

북조 시대 양梁말 진陳초의 재가불자다. 그가 '부대사傅大師'로 불리지 않고 '부대사傅大士'라 일컬어짐은 출가하지 않았던 그의 신분 때문이다. 그러나 그의 높은 법력과 선기禪機는 당시 출재가를 막론해 추앙의 대상이 됐다.

그는 24세 때 인도스님 '승두타'를 만나 불도에 귀의했다고 전해진다. 중국 선종의 제2조가 되는 혜가스님과 동시대인으로 부대사가 10년 연하가 된다. 절강성 무주출신으로 무주 선혜대사로 불리기도 하며, 송산정의 쌍수간雙樹間에 토굴과 같은 사암을 지어 지냈으므로 쌍림대사雙林大士라고도 이름한다. 또는 동양거사라고도 했다. 그는 낮에는 밭을 일구며 영작營作했고 밤에는 참선행도參禪行道를 하면서 법력을 내외에 떨쳤다. 이로 인해 불심천자佛心天子로 칭송되던 양무제가 귀의해 올 정도였다. 이런 그가 참선공부의 여가에 읊은 글이 이 '교류수불류'다.

한마디로 이 글은 기상묘조奇想妙調로서 사고의 역발상이 무엇인지를 보여준다. '다리가 흐르고 물은 흐르지 않는다'니 일반인의 시각적 상식을 단박에 깨뜨리고 있다. 마치 구름은 가만히 있고 산이 움직인다는 식이고 바다엔 물이 없는데 육지에 파도가 일고 있다는 식이다. 이를 이은윤전 중앙일보 종교전문대기자씨는 "혁명적 발상의 전환을 내보인 5언 절구 게송"이라고 분석한다. 그에 따르면 애초 이 글은 처음부터가 '혁명적 발상'으로 시작된다. '분명히 빈손인데도 호미를 쥐고 있다'거나 '나는 분명히 걷고 있는데 소 등에 타고 있다'고 해석하고 있는 것이다.

  분명 '다리가 흐르고 있고 물은 흐르지 않는다'는 표현은 우리가 일상적으로 받아들이는 인식과 지식의 범위를 벗어난다. 더 심하게 말하자면 상식과 논리를 배반하는 궤변이다. 그러나 이 속에 절묘한 선리의 핵심이 담긴 가르침이 있다는 점을 간과해서는 안 된다. 흔히 인간은 안이비설신의眼耳鼻舌身意 6근六根에 사로잡혀 감각적 노예가 되기 일쑤다. 다시 말해 보는 눈과 듣는 귀 맛보는 혀가 전달해주는 외적 대상을 그대로 받아들이고 이를 사실이라고 믿는다. 또한 그를 통해 아름답고 추하며, 즐겁고 고통스러우며, 맛있고 없음을 가리는 분별심을 낸다. 오랜 기간 인간은 이러한 분별심에 길들여진다. 외적 대상의 흐름으로 보았을 땐 분명 물이 흘러야 하고 다리는 그대로 있어야 하는 게 사실적인 풍경이다. 반대로 다리가 흐르고 물이 가만히 있다면 이는 기상천외한 일일 것이다. 하지만 선리를 터득한 이들의 눈엔 하등 이상할 일이 없다. 이미 분별심을 넘어선 경지, 경계를 뛰어넘은 자유인의 눈으로선 다리와 물이 둘이 아니다. 바로 체용일여體用一如의 경지이며 불이不二의 원리를 체득한 단계다. 체용일여의 논리를 터득하고 나면 물아일여物我一如의 경지가 다가선다. '백운白雲이 산을 지키고 청산靑山이 활보한다'거나 내가 곧 산이며 바다가 되고 구름이며 공空이 되기도 한다. 우리의 기존 분별인식은 언제나 산은 움직일 수 없는 것, 물은 흐르는 것으로만 보도록 제한돼 있다.

그러나 선적 사고는 이러한 고정관념을 뛰어넘는다. 깨달음의 세계는 상식과 지식만으론 추구할 수 없다. 지혜의 문을 열어야만 가능하다. 그러기 위해선 분별심을 초극해야 한다. 앞서 논구한 승찬대사의 분별심을 경계하는 가르침과 맥을 같이한다.

'물이 흐르고 구름이 흘러간다'는 지극히 상식화된 고정 관념으로선 깨달음은 구해지지 않는다. 그래서 선가에선 우리가 진리를 철저히 파악하지 못하는 이유는 사물을 보는데 기존의 논리적 해석에만 의존하고 있는 옳지 않은 집착 때문이라고 지적한다. 이점에 착안해 과연 '다리가 흐른다'는게 착각에 불과한 것인지 살펴볼 필요도 있겠다. 우리는 최근 사회에서 해외여행을 나가는 기회가 많아졌다. 비행기를 타는 횟수가 많아졌다는 얘기다. 고속으로 하늘로 뛰어오른 비행기는 어느 정도 구름 위 고공에 떠올랐을 때 가만히 서있는 듯한 느낌을 준다. 비행기 창문 밖으로 내다보면 비행기는 그저 멈춰있는 듯 느껴지고 오히려 구름과 하늘이 움직이는 착각을 하게 된다. 과연 이 때의 느낌이 단순히 착각일까? 실제로 비행기가 나아가고 있고 하늘은 가만히 있는 것일까? 하늘이 비행기 대신 나아가고 있는 것은 아닐까? 우리의 인식은 잠시 혼란스럽다. 그러나 분별의식을 놓아 버리고 바라본다면 어느 것이 맞다 그르다 할 수 없다. 분별의식 하나를 놓아버리고 말하자면 주체와 객체가 하나가 되는 것이다. 이러한 무분별의 경계에서 본다면 다리가 흐르는 것 또한 당연한 이치다.

이처럼 선리의 터득없이는 이해할 수 없는 불사의不思議 불가해不可解한 선시는 이후에 부지기수로 쏟아져 나온다. 마음을 가리켜 진여니 열반이니 불성이니 묘심이니 하는 표현은 경전과 강단講壇에서 이루어지나 선가에서는 이와는 전혀 별개의 용어들로 마음을 일러준다. 가령 '석호石虎', '진흙소[泥牛]', '철사鐵蛇', '목계木鷄', '무공적無孔笛', '겁외춘劫外春'등이 그것이다. 그러니까 이런 엉뚱한 선게禪偈를 보면 우리네 범인들로선 선뜻 이해가 되지 않는다.

선사들은 여기에서 한걸음 더 나아가 이런 선게를 통해 역설과 역유逆喩, 부정법등을 즐겨 사용한다. 불입문자를 표방하는 선가로선 언어의 한계를 극복하기 위해서다.

이해를 돕기 위해 중국 고봉화상의 선문게송을 하나 예로 들어본다.

> 바다 밑의 진흙소[泥牛]가 달보고 달아나고
> 바위 앞의 돌호랑이[石虎]가 아이를 껴안고 졸고 있네
> 곤륜의 코끼리를 탔는데 해오라비가 이끌고
> 쇠로 된 뱀[鐵蛇]이 금강의 눈을 뚫고 들어가네.

상식적으론 석호가 잠들어 누울 수 없고 진흙소가 말을 몰고 달아날 수 없으며 무쇠로 생긴 뱀이 금강의 눈을 뚫을 수 없다. 그러나 '석호'와 '니우'와 '철사'가 마음이라면 무슨 짓도 다할 수 있고 무슨 말이라도 다 붙일 수 있는 것이다. 아무것도 아닌 것을 선가에서는 이러한 선게를 써 초심납자로 하여금 큰 의심을 내게 하고 스스로 득심토록 언어의 파격을 이루고 있다.

부대사의 '교류수불류'가 선의 선리를 반어적 표현으로 드러내 보인 언어의 시도였다는 점에서 이글은 대단한 의미를 갖는다. 이후에 이 같은 반어적 표현은 선시의 주류를 이루고 있기 때문이다. '돌계집이 밤에 아이를 낳는다[石女夜生兒]', '우물이 나귀를 엿본다[如井覰驢]'등 상식과 논리로는 성립될 수 없는 말들로 선지의 깊이를 더해왔던 것이다.

부대사의 선지를 엿볼 수 있는 또 하나의 글을 소개한다. '교류수불류'가 자신의 선적 체험의 경지를 드러내 보인 것이라면 이것은 후학들을 일깨우는 가르침이 담긴 게송이다.

밤마다 부처님과 자고

아침되면 함께 일어난다

부처님 간 곳 알려거든

말과 움직임을 그쳐라.

夜夜抱佛眠 朝朝還共起

欲知佛去處 語默動靜止

'밤마다 부처님과 자고 아침 되면 일어나는 것'은 부대사와 부처님, 둘이 아니다. 부대사 혼자다. 단지 부대사 자신이 불성을 안고 살고 있는 자신의 심경을 읊고 있는 것이다. 중생과 부처가 둘이 아니라는 '불이'의 사상을 이미 부대사는 익히 알고 있는 터다. 이러한 점에서 이 글 역시 선지가 독보적 수준을 지니고 있다고 해도 무방하다. 그가 양무제의 귀의를 받아 종산 정림사에 주석하였고 『금강경오가해』에 참여했던 인물 중의 한사람으로 법기가 대단했음을 이글에서도 충분히 짐작케 한다.

부처가 되고자 하는 중생의 마음은 여전히 분별심을 안고 살아가고 있다. 이 분별심이 자리하고 있는 한 부처되기란 요원하고도 난해한 과제다. 이점을 부대사는 여실히 일깨우고 있다. 바로 내가 부처의 자리에 있음을 암시하면서 어묵동정語默動靜하는 삼매의 길[山]로 들어설 것을 간절히 당부하고 있는 것이다.

이같은 부대사의 선지는 6조 혜능이 나오기 이전 아직 중국 선종이 채 익지 않았을 무렵 주경야선晝耕夜禪하며 익힌 것으로 훗날에 비해서도 뒤떨어지지 않는다고 평가된다.

'주경야선'은 백장청규의 효시로 이어지고 있고 '교류수불류'는 '발상의 전환'을 꾀하는 선가에서 언제나 필요한 수단이 되기 때문이다.

대표적인 오도송

증도가證道歌

그대여 보지 못했는가

더 이상 배울게 없어 한가로운 이 사람은

번뇌를 거부하지도 않고 불멸을 갈구하지도 않나니

번뇌는 불성이요

덧없는 이 육신이 그대로 불멸의 몸인 것을.

君不見 絶學無爲閑道人

不除妄想不求眞 無明實性卽佛性

幻化空身卽法身

때는 서기 705년. 중국선종사의 신화 같은 인물로 당대 선객들의 추앙을 한 몸에 받고 있던 육조혜능이 조계산에서 상당법문을 하고 있었다. 단하엔 수많은 운수납자가 운집해 조용히 대선사의 사자후에 귀 기울였다. 조계산 넓은 자락에 혜능의 육성 법음만이 고요한 적막을 깨뜨리고 있는데 정체불명의 한 사문이 갑자기 나타나 절도하지 않고 법상을 세 번 돌고는 석장錫杖을 짚고 선사의 앞에 우뚝 섰다. 이 모습을 지켜 본 혜능대사가 준엄히 꾸짖었다.

"대저 사문은 삼천위의와 팔만세행을 갖춰 행동에 어긋남이 없어야 하거늘 대덕은 어디에서 왔기에 도도히 아만을 부리는가?"

그러자 사문이 대답했다.

"나고 죽는 일이 크고 무상이 빠릅니다."生死事大 無常迅速

"어찌하여 남[生]이 없음을 체험해 빠름이 없는 도리를 요달하지 못하는가?"何不體取無生 了無速乎

"체험하면 남이 없고 터득하면 본래 빠름이 없습니다."體卽無生 了本無速

혜능대사가 이 말에 호응하며 말했다.

"그렇다, 네 말과 같다."如是如是 하고 인가하니 대중들이 모두 깜짝 놀랐다. 그 때에야 사문이 비로소 위의를 갖추고 혜능대사에게 정중히 예배했다. 이 정체불명의 사문이 바로 영가현각永嘉玄覺 675?~713이다. 그는 '일숙각一宿覺'으로도 불렸는데 스승 혜능과의 남다른 만남에 기인한다. 혜능을 이렇듯 한 번 상견相見한 영가가 스승에게 하직인사를 드리자 법거량을 하면서 하룻밤만 묵고 가도록 한 데서 별칭이 주어진 것이다. 즉 영가는 '일상견 일숙'으로 6조 혜능의 법통을 이어 받았다. 그런 영가가 6조의 득법 이후 확철대오한 경계를 읊은 것이 오도의 경지가 잘 드러나 있는 『증도가證道歌』다.

물론 『증도가』가 영가현각의 저술인가 하는 데 대해선 학계의 이견이 많다. 이 문제를 최초로 제기한 이는 1927년 중국의 문헌사학자 호적胡適박사에 의해서다. 연세대 신규탁 교수도 『불조통기』·『영가집』 등의 내용과 비교하면서 『증도가』는 혜능의 선사상을 선양하기 위한 작품이지, 영가의 저술은 아니라고 주장하고 있다. 하지만 선학계가 아직까지는 영가의 진작眞作이라는 쪽에 기울고 있고 이 문제에 대한 문헌사학적 고증이 완전히 끝난 것은 아니기 때문에 일단 영가의 작으로 보고 선시를 감상한다.

『증도가』는 전부 1천8백58자 2백67구로 구성돼있는 전형적인 당시조의 고시古詩다. 고시이기 때문에 전부가 7자구가 아니고 6자구도 51구나 섞여있다. 그 6자구가 먼저 나오고 그 뒤에

7자구가 세 번 연결되므로 6.7.7.7의 형식을 취하고 있다.『증도가』의 '증'은 구경각인 '증오'證悟를 말하는 것이니 증오로써 근본을 삼고 있음을 표명하고 있다. 즉 선가에서 '깨쳤다'함은 바로 증오를 나타낸다. 증오의 기쁨은 얼마나 큰 것일까.『증도가』는 영가가 깨달음의 희열을 노래한 장편시로서 깨달음의 기쁨을 참지 못하고 단 하룻밤 만에 완성했다고 전해지는 작품이다.

깨달은 사람, 즉 증오한 자는 어떠한 사람인가.『증도가』는 첫 구절에 깨달은 이를 '모든 것을 다 배워서 더 배울 것이 없고 더 닦을 것이 없는', 그래서 아무런 할 일이 없는 한가한 이絕學無爲閒道人로 묘사하고 있다. 그런데 여기에서 표현되고 있는 '하릴없는 이'란 도가적 목가풍 분위기로 받아들이면 곤란하다. 그와는 상반된 존재이고 인식이기 때문이다. 깨달은 사람에게 있어선 분별이 없다. 따라서 번뇌와 깨달음이 둘이 아니고 순간과 영원이 분별되는 그런 것도 아니다. 그래서 망상도 참됨도 굳이 버리거나 추구할不除妄想不求眞 필요를 느끼지 않는다. '아무 할 일 없는 이'의 경계다.

영가선사가 말하는 '한도인'에게 나타나는 경계는 "강에 달 비치고 소나무에 바람 부니 긴긴 밤 밝은 하늘 무슨 할 일 있을 건가"江月照松風吹 永夜淸宵何所爲다. 이러한 경계의 깨달은 이에겐 불성계주가 곧 마음이요, 이슬과 구름 안개가 옷이 된다.佛性戒珠 心地印 霧露雲霞體上衣 이것이 도가적 또는 목가풍에서 말하는 '한가한 이'와 대별되는 깨달음의 세계다.

『증도가』에 나타나는 사상 중 가장 눈길을 끌었고 훗날 선객들에게 애송됐던 배경은 '돈오'에 있다. 다음의 글을 눈여겨보자.

> 오르다 오르다 힘빠지면 화살은 떨어지나니
> 다음 생에는 내 뜻 같지 않음만 불러오네
> 하염없는 이 실상문에서
> 여래의 경지로 단박 들어감과 어찌 같으리.
> 勢力盡箭還墮 招得來生不如意
> 爭似無爲實相門 一超直入如來地

이 대목 마지막의 '일초직입여래지'는 선문에서 관용구처럼 쓰고 있다. 특히 한국불교에서 성철스님이 주장한 것처럼 돈오적 사상을 품고 있어 불자들에게 낯설지 않다.

사람들은 누구나 남을 위해 베푸는 것을 인지상정으로 여긴다. 이를 또한 즐거움으로 삼는 사람들도 적지 않다. 그러면서 또 한편으로는 극락세계에 태어나 복의 극치를 누리기를 바란다. 이를 영가선사는 화살에 비유하고 있다. 아무리 힘센 화살도 그 힘이 다하면 꺾여져 땅에 떨어지게 마련이다. 불교에서 말하는 주상보시든 무주상보시든 베품의 행위는 화살에 지나지 않는다.

물론 베품의 즐거움과 복덕이 작지만은 않다. 하지만 그것이 아무리 즐겁고 그 복덕이 기대 이상이라 할지라도 출가 수행자의 최고 목적인 깨달음을 이루는 것에는 비교되지 않는다는 것이다. 더군다나 '일초직입여래지'로서 돈오를 주장하는 입장은 영가에게 있어서 '무생'無生과 연결된다. 즉 "몰록 깨쳐 남이 없음을 요달하고頓悟了無生"부터는 모든 영욕에 근심하거나 기뻐하는 등 일일이 반응하지 않는다. 창칼을 들이 댄 위협 속에서도 언제나 태연하고 유혹의 독배를 마셔도 한가롭고 한가로운 자태를 보여준다. 깨침의 즐거움과 여유란 바로 이 것이다.

이처럼 영가에게 있어서 돈오는 증오인 동시에 무생이다. 처음에 영가는 천태지관을 닦았다고 한다. 주지하다시피 천태의 지관이란 선에서 말하는 돈오적 방법과는 큰 차이가 있는 수행법이다. 또한 당시 상황이 혜능의 돈오선과 신수의 점수선이 크게 대립하고 있는 터에 영가가 천태의 지관을 닦아 높은 경지에 이르렀으면서도 그것을 버리고 혜능을 찾아가 돈오의 인가를 받았다는 것은 선종사의 한 흐름에 변화를 가져온 대목이다. 물론 이 대목이 혜능선의 우월함을 과시하기 위해 영가를 내세워 『증도가』를 위작僞作한 것이라는 주장도 제기되고 있는 한 이유가 되고 있다. 어쨌든 끝에 나오는 다음의 시는 이러한 영가의 사상과 정신을 적나라하게 펼쳐 보여준다.

차가운 햇빛이여, 달빛 쨍쨍 무더위여
악마의 무리도 이 말만은 못 꺾나니
코끼리 등에 높이 앉아 여유롭게 가나니
버마재비 저 따위가 어찌 길을 막겠는가
코끼리는 토끼 다니는 샛길을 가지 않고
큰 깨달음은 작은 형식에 구애받지 않네
그대 그 비좁은 소견으로 함부로 비난하지 말지니
깨닫지 못한 그대 위하여 내 이제껏 지껄였네.

日可冷月可熱 衆魔不能壞眞說

象駕崢嶸謾進途 誰見螳螂能拒轍

大象不遊於兎徑 大悟不拘於小節

莫將管見謗蒼蒼 未了吾今爲君決

깨달음을 얻게 되면 모든 것은 순리에 따른다. 결코 형식이나 절차에 구애받지 않는다. 물이 흐르듯 여유롭고 거침없으며 막힘없는 경계다. 그것이 깨달은 이의 모습이다. 영가선사는 그 비유를 이렇게 들고 있다. 코끼리가 토끼 다니는 샛길을 가지 않듯 큰 깨달음은 어떠한 격식이나 형식 등에 결박되거나 구속되지 않는다는 것이다.

이는 돈오적 닦음을 강조하는 의미이거니와 깨달음의 대미를 상징하는 표현이기도 하다. 즉, 한 생각만 뛰어 넘으면 그대로 들어가는 돈오적 방법을 제시하고 있는 것이다.

깨달음의 노래 『증도가』는 마지막으로 '깨닫지 못한 이들의 깨달음을 당부'하는 것으로 끝을 맺고 있다.

영가선사가 오도 후 학인 제접과 교화에 매진한 기간은 8년으로 계산된다. 가르침의 울림에 비해 세월이 짧고 그 짧은 세월로 말미암아 아쉬움이 크다. 그러나 『증도가』는 불후에 빛나는 명언집으로 선가에 널리 애송되고 있는 것은 역시 구절마다 깊은 선지가 배어있기 때문이 아닐까?

조선시대 함허득통은 영가집 서설에서 "멀리 가고 높이 초월함을 스님께 배웠으니 가고 오는 모든 행동에도 반드시 규범이 있다"고 적고 있고 8~90년대 '살아있는 부처'로 세간의 존경을 받았던 성철선사도 "이 글들을 읽고 캄캄한 밤중에 횃불을 만난 것 같고 과부가 잃어버린 외아들을 만난 것 같았다"
며 『증도가』를 『신심명』과 함께 생활의 등대로 여기고 있음을
밝힌 적이 있듯이 한국선에 미친 『증도가』의 영향이 얼마나
컸는지 짐작케 한다.

선시로서의 가치도 아울러 돋보이고 있는 증도가는 그래서
인기가 높다. 이와 같은 불후의 명작으로 남을 깨달음의 노래
가 이곳저곳에서 터져 나왔으면 하는 바람이다.

선시의 백미로 꼽히는

오도시悟道詩 ─ 상上

"선의 핵심은 깨달음에 있다. 시의 핵심 역시 깨달음에 있다. 오직 깨달음을 통해서만 진정한 자기 자신일 수 있고 자기 자신만의 목소리를 낼 수 있다."

직관파 시론가의 대표적 인물로 꼽혀지는 엄우창랑의 묘오론妙悟論이다. 엄우는 시를 지나치게 선적으로 해석했다는 비판을 받기도 했지만 역시 선시의 백미는 깨달음을 전하는 오도시悟道詩에 있다 할 때 묘오론은 매력을 남긴다. 실제로 불입문자를 표방하는 선종이지만 깨달음을 표현하거나 제3자에게 전달하려면 그것이 언어가 됐든 몸짓이 됐든 어떠한 표현방식을 빌어 와야 했다. 임제의현선사가 제자들의 물음에 큰 소리로 깨침을 전한 것이나[臨濟喝], 덕산선사가 몽둥이를 쓴 것[德山棒] 등이 그 실례다.

하지만 깨침을 전하는데 있어서 그 섬세함마저 할이나 방에 의존할 수는 없다. 자칫 본질이 감춰지고 오히려 깨달음이 관념의 유희에 빠져버릴 수 있기 때문이다. 시는 이런 이유로 깨달음을 전하는 아주 적합한 방법이었다. 언어의 설명적인 기능을 최대한 억제시킨 비언어적인 언어가 시라고 했을 때 선사들이 깨침을 얻으면 이를 전하는데 시처럼 좋은 수단이 없었다. 따라서 이로 인해 선시가 출현했다고 석지현 스님은 그의 『선시감상사전』에서 밝히고 있다.

깨달음의 희열을 읊은 오도시는 깊은 선리를 드러내고 있다는 공통점을 보여준다. 대표적인 오도시로는 역시 영가현각의 『증도가』가 꼽힌다. 앞에서 살펴보았듯이 깨달음의 충만과 희열을 참지 못해 하룻밤 만에 완성했다고 전해지는 『증도가』는 각 장면마다 깨침을 열기 위한 선지[禪旨]가 그윽하다. 오도시의 전반을 감상하기 앞서 『증도가』를 따로 소개한 이유는 60여 수에 이르는 장편이기도 하지만 가장 탁월한 불후의 오도시로 꼽혀지기 때문이다.

이후 전해지는 오도시들은 저마다 독특한 현지^{玄旨}를 함축하고 있다. 그런 가운데 시이면서 문학 일반의 정서와 상상을 거스르는 특징을 보여준다. 다시 말해 상식을 파괴하고 논리를 초월하고 있는 것이다. 문학적 안목으로 오도시를 이해하기란 그래서 쉽지 않다. 분명한건 깨침은 평화로운 분위기 속에서도 언제 터질지 모르는 시한폭탄처럼 장전돼 있다가 나온다는 것이다.

영운지근의 오도송

삼십년이나 칼을 찾은 나그네여

몇 번이나 잎이 지고 가지 돋아났던가

그러나 복사꽃을 한번 본 뒤론

지금에 이르도록 다시 의혹 않나니.

三十年來尋劍客　幾回落葉又抽枝

自從一見桃花後　直至如今更不疑

당나라 때의 선승 영운지근靈雲志勤 ?~820?의 오도송이다. 영운선사가 복사꽃을 보고 깨닫고 나서 그 순간의 감격을 피력한

이 시는 시적 영감이 배제돼 있다. 반면 복사꽃을 통해 깨달음이 어떠한 것인지를 담담하게 기술하고 있다는데 특징이 있다. 30년 구도의 허송세월을 영운은 <여씨춘추>의 고사에 인용하고 있다. 어느 사람이 배를 타고 가다 검을 강물에 빠뜨리고는 손칼로 뱃전을 파서 훗날 이를 근거로 칼을 찾으려 했다는 몽매함이 자신의 구도 과정과 다를 바 없었다. 그 절망감에서 몸을 빼 문득 눈을 들어 본 것이 복사꽃이다. 한 번 봄[一見]으로써 다시는 의혹의 덩어리가 남지 않는 개안[開眼]을 얻게 된 것이다. 여기에서 복사꽃이란 무슨 특별한 복사꽃이 아니다. 영운도 무수히 봐왔을 평범한 복사꽃에 지나지 않을 텐 데 한 번 보고 크게 깨달았다니 그 내용은 무엇인가. 그는 분별심이 없는, 의심의 여지가 더 남아있지 않은 경계일 터이다. 영운이 본 복사꽃은 다른 꽃과 나무와 하늘 등 온갖 현상이 하나인, 구별이 끊어진 복사꽃이었고 보는 주체와 대상도, 또 시간과 공간마저 뛰어넘은 본래면목을 보여주는 '깨침의 순간'으로 바로 진여 실상 그 자체였다.

양좌주의 오도송

선시로서의 백미로도 꼽히는 당대唐代의 양좌주亮座主의 오도 송은 또 다른 분위기와 맛을 안겨준다.

삼십년이나 아귀로 지내다가
지금에야 비로소 사람의 몸 되찾았도다
청산에는 스스로 구름의 짝 있나니
동자여, 이로부턴 다른 사람 섬기라.
三十年來作餓鬼 如今始得復人身
青山自有孤雲伴 童子從他事別人

양좌주가 그의 스승 마조도일 선사를 친견해 깨달음을 얻고 나서 이 오도송으로 그의 제자들을 해산시킨다. 그리곤 서산 에 들어가 소식을 끊었다. 영운이 삼십년을 칼을 찾기 위해 헤 맸던 순간이 양좌주에겐 아귀와 같은 시절이었다. 무엇이 양 좌주의 아귀였던가. 진리를 구한다고 불경과 논서에 파묻혀 온 지난 날의 상황이다. 육십 권으로 된 화엄경과 그 논서들을 강의했던 위치의 양좌주로선 마조와의 법거량을 통해 한 찰라에 깨달음을 얻었다. 그만큼 경론에 대한 풍부한 지식을 가지고 있었던 그였지만 지적 갈애는 해소하지 못했을 터이다. 무엇을 얻어도 부족함을 메울 수 없었고 그럴수록 더욱 지적 습득에 욕망을 불태웠던 지난날을 회상하며 그는 그것을 '아귀'로 비유했을 것이다.

이런 그에게 스승 마조대사를 만나게 된 것은 획기적 사건이라 할 수 있다. 마조를 만나 깨침의 깊이를 구하고 난 후 그의 행적에 변화가 찾아왔기 때문이다. 본래면목을 찾은 그는 오도 이후 어떻게 살 것인가 깊은 고민에 빠지게 된다. 그 해법이 바로 이 오도시에서 표현되고 있다.

뒷구절에 나오는 '청산에는 스스로 구름의 짝 있나니'가 깨달음을 전하는 바로 그것이다. 산을 체體라 하면 구름은 용用이다. 산을 평등의 이理로 본다면 구름은 차별의 사事다. 이렇게 체와 용이 둘 아님을 본 양좌주의 깨달음은 제자들을 해산시키면서 대단원의 절정을 동반한다. 즉 남으로부터 배우려는 자세를 청산하고 각자 자기 자신으로 돌아가라는 간곡한 충고였던 것이다. '다른 사람 섬기라'는 바로 각자의 자신을 표현하는 것으로 시 표현의 역설에 해당한다.

한편의 마음을 전하는데 이렇듯 기승전결의 시적 구조를 갖추고 있는 작품은 흔치 않다. 이 오도시가 갖고 있는 매력이다.

이처럼 중국의 선사들은 깨침의 순간을 맞는데 있어서 '복사꽃' '구름' '청산' 등 자연물과 합일된다. 마치 조주선사가 '뜰앞의 잣나무'로 심법을 전하는 이치와 같다.

향엄지한의 오도송

향엄지한香嚴智閑 ?~898의 오도송도 예외는 아니다.

한 번의 딱 소리에 알렸던 것 다 잊으니

수행의 힘 빌릴 일이 아니었도다.

안색 움직여도 고도를 선양하여

끝내 실의에는 아니 떨어지나니

가는 곳 어디에건 자취는 없어

성색의 그 밖에서 이뤄지는 행위로다

그러기에 온갖 곳 도인들 나타나서

모두다 이르데나 최상의 근기라고

一擊忘所知 更不假修治

動容揚古路 不墮悄然機

處處無蹤迹 聲色外威儀

諸方達道者 咸言上上機

　'일격一擊'은 돌멩이가 대나무에 부딪치는 소리를 말한다. 향엄은 그 소리를 듣고 깨달았다. 그래서 시제詩題가 '대에 부딪치는 소리'다. '딱'하는 소리는 향엄의 분별심이 끊어지는 순간이다. 분별이 끊어진 상황을 무심無心이라 한다면 무심이 되는 순간에 영운은 복사꽃에서 진여를 보고, 똑같이 무심이 되는 순간에 향엄은 '딱'하는 소리로 진여를 들었던 것이다. 마찬가지로 향엄도 '수행을 빌릴 일이 아니었다'는 말로 이전의 분별없는 구도심을 탓하고 있다. 그러면서도 완성된 수행의 경지가 어디에 있는가를 여실하게 시사해준다.

　진여와 하나가 되는 깨달음은 대나무에 돌멩이가 부딪치는 '딱'하는 소리가 자취도 없이 사라지듯 털끝만큼의 미진함마저 남지 않는 무심에 있다. 때문에 '끝내 실의에는 아니 떨어지나니'다. 그것은 '최상의 근기'로 연결된다. 최상이란 '상대적 최고'의 뜻이 아니라 재주 능력 지식 등 모든 분별심을 여읜 진여의 상태를 말한다.

오조법연의 오도송

산자락 한 마지기 노는 밭이여

두 손을 모으고 어르신께 묻나이다

몇 번이나 되팔았다 다시 사곤 했는지요

솔바람 댓잎 소리 못내 그리워.

山前一片閑田地 叉手叮嚀問祖翁

幾度賣來還自買 爲憐松竹引淸風

임제종 문하 양기파의 3대 법손 오조법연五祖法演 ?~1104의 오도송이다. 그의 깨달음 역시 '댓잎'에 연결된다. 여기에서 '노는 밭[閑田]'은 우리의 본성을 의미한다. 우리는 온갖 현상과 환상에 취해 본성을 저버리기 일쑤다. '몇 번이나 되팔았다 사곤'하는 행위가 우리 범부들의 일상 행위다. 법연 역시 의단疑斷을 해결하는데 있어 그것이 언어나 개념으로 풀거나 파악될 수 있는 사안이 아님을 이 시를 통해 뚜렷이 나타내고 있다. 단 법연은 의문 속에 머물러 결국 오입悟入하는 선적 특색을 보여준다. 이런 그에게 선과 삶은 둘이 아니다. 선과 삶은 상즉相卽하는 것이라고 그는 후학들에게 강조한다. 이 시는 그런 법연의 삶이 과장되거나 꾸밈이 없는 상태로 전달되고 있다. 또한 한시로서의 운문과 대구對句도 그 격이 맞아 떨어져 수준 높은 시적 가치를 갖고 있다. '지'와 '매', '옹'과 '풍'의 시어 선택이 그것이다. 그래서 선자들에게 일급의 오도시로 받아들여졌다. '솔바람 댓잎 소리'는 바로 우리 일상의 생활이지만 늘 우리가 그리워하고 돌아가야 할 고향이다. 그것은 다름 아닌 본성이자 본성을 바로 깨쳐 아는 깨달음의 세계다. 향엄이 돌이 대에 부딪는 소리로 깨달음을 선언했듯 법연은 솔바람이 댓잎을 건드리는 것으로 오입의 경지를 설파하고 있는 점에서 유사성이 있다.

이처럼 중국선사들의 오도송은 상징과 비유에 있어서 서로가 엇비슷한 모습을 나타내고 있다. 이는 한국선사들의 오도송에도 비슷하게 나타난다. 깨달음엔 A와 B가 없기 때문일 터이다. 다시 말해 내용이 비슷하다고 해서 모조 또는 복사를 통한 깨달음은 있을 수 없음을 역설적으로 반증한다고 볼 수 있는 것이다.

선시의 백미로 꼽히는

오도시—하下

'달을 가리키면 달을 봐야지, 손가락 끝은 왜 보고 있나?'

경전과 사상은 교教를 의미한다. 언어로써 표현되는 교는 달을 가리키는 손가락과 같다. 손가락으로 달을 가리킴은 달을 보게 하기 위함이지 손가락을 보게 하려는 것은 아니다. 그런데도 하근기 중생들은 손가락만을 본다. 아예 달을 외면하고 손가락만에 집착하는 어리석음으로 산다.

이러한 폐단을 우려해 선은 손가락을 통하지 않고 바로 달을 찾을 수 있는 방안을 철저히 육화肉化해 나타낸다.

직지直指를 통하지 않고 바로 깨달음으로 들어가는 경지는 선이 발달하면서 더욱 구체화된다. 다음의 오도시는 이를 극명하게 일러주고 있다.

동산양개의 오도송

아예 타자에게 구하지 말지니

멀고 멀어 나하고 떨어지리라

나는 이제 홀로 가면서

어디서건 그와 만나나니

그는 이제 바로 나여도

나는 이제 그가 아니로다

응당 이러히 깨달아야

바야흐로 진여와 하나 되리라.

切忌從他覓 招超與我疎

我今獨自往 處處得逢渠

渠今正是我 我今不是渠

應須恁麼會 方得契如如

조동종을 창시한 동산양개洞山良价 807~869의 오도송이다. 먼저 그의 깨달음이 어떻게 이루어졌는지 배경부터 살펴보자. 동산은 일찍이 무안이비설신의無眼耳鼻舌身意라는 구절에 큰 의심을 냈다. 또한 효성이 지극했던 그로선 무정설법無情說法에 관한 참구를 계속하던 중 위산영우의 소개로 운암선사를 만나게 된다. 동산은 운암선사에게 물었다.

"스님이 돌아가신 후 어떤 사람이 스님의 초상화를 그려보라 요구한다면 어떻게 대답해야 하겠습니까?"

운암선사의 진면목을 물으면 무어라 답해야 하느냐는 물음이었다. 다시 말해 도는 무엇이냐고 우회적으로 질문한 것이다. 이에 운암선사가 말했다.

"그 사람에게 말해 주려무나. 오직 이것이 이것這箇是이라고."

'이것이 이것'이라니 동산은 결코 쉽지 않은 이 말을 듣고서 더더욱 의심을 풀지 못했다. 며칠을 두고 이 말은 동산의 머릿속을 맴돌았다. 그러던 어느 날 그는 물을 건너다 문득 물에 비친 그림자를 보고 대오했다. 그 순간 운암선사의 말뜻도 이해할 수 있었다. 우리의 육근이 없다는 것에 의심이 걸려 참구하다가 마침내 말로는 표현할 수 없고 생각으로 헤아릴 수도 없는 무정설법의 경지를 크게 깨친 것이다. 그리하여 지은 것이 이 시다. 물을 건너다 지었다 하여 '과수게過水偈'라고도 일컬어진다. 그렇다면 '이것이 이것'이란 무엇인가.

'아예 타자에게 구하지 말지니 멀고 멀어 나하고 떨어지리라'에서 밝히고 있는 것은 그가 제자들을 교화할 때 언급한 만리무촌초萬里無寸草와 직결된다. 동산이 만리를 가도 풀 한포기 없는 곳으로 가라고 제자들에게 법문했다고 하자 석산경저805~881선사가 '문만 나서면 바로 풀'이라고 했고 이에 동산이 그를 크게 칭찬했다고 한다.

'만리무촌초'는 사량분별이 완전히 끊어진 진공무상眞空無相의 경계로 나를 의식해 분별하면 진여와 나는 별개의 것이 되지만 내가 분별을 끊어버릴 때에는 나 자신이 진여와 하나가 된다는 것이다. 이렇게 진여와 하나인 내가 곧 나의 본래면목이다. 본래면목을 찾았기 때문에 '그는 나여도 나는 그가 아니다'라는 종교적 체험의 소식을 전할 수 있다. 분별을 뛰어넘은 그 경계가 '이것이 이것'이며 진여의 세계인 것이다. 동산이 비로소 스승의 초상화본래면목를 바로 접했고 그 자신 물에 비친 그림자로 무착행無着行의 대오를 얻었다. 그의 오도시 '과수게'는 이것을 우리에게 가르치고 있는 것이다.

우두법융의 오도송

이처럼 선사들의 오도는 대부분 자연과의 합일 상황에서 주어지는데 그렇지 않고 깨달음의 내면을 담담하게 일깨우는 오도시도 눈에 띈다. 그 대표적인 것이 우두법융牛頭法融 594~657의 오도시다.

적절히 마음을 쓰려할 때는
적절히 무심을 쓰라.
자세한 말 명상에 지치게 하고
바로 설하면 번거로움 없나니
무심을 적절히 쓰면
항상 쓴대로 적절히 무되리
그러기에 이제 무심 설해도
유심과 전혀 다르지 않으리.
恰恰用心時　恰恰無心用
曲談名相勞　直說無繁重
無心恰恰用　常用恰恰無
今說無心處　不與有心殊

앞에서 살펴본 다른 오도송과는 달리 '깨침의 미학'이 될 만한 소재란 눈에 띄지 않는다. 자연의 서정물이 없어 자칫 딱딱함마저 안겨준다. 그러나 시적 운율과 리듬을 간결하게 살리면서 전하고자 하는 무심의 법문을 속도감 있게 던져주고 있다는 특징을 보여준다.

이 시는 깨달은 이로서 '마음을 어떻게 쓰느냐[用心]' 하는 문제를 가르쳐주고 있다. '마음을 쓰려거든 무심無心을 쓰라'는데 그러면 무심은 어떤 상태인가. 나무토막이나 돌멩이 같은 사물이 무심이라고 말할 수 있다. 따라서 시각도 없고 청각도 없으며 응대할 대상도 없고 촉감도 없다. 한 마디로 정신작용을 못하는 사심死心이 무심인 것이다. 그렇지만 진정한 무심이란 이와 다르다.

진정한 무심이란 분별하되 분별한다는 의식이 없는 것이며, 그 분별한 내용에 구애받거나 끌려 다님이 없는 마음이다. 이러한 단계야말로 진여를 맛볼 수 있는 깨달음의 속성이며 바탕이다. 법융이 말하는 무심은 바로 이런 무심이다. 다시 말해 유심과 분별되는 무심이 아니며 유심과 다르지 않은 무심이다. 나아가 무심 자체까지도 무심하게 넘어서는 무심이다. 이러한 무심이기 때문에 '적절히 쓰면 쓴대로 적절히 무가 되는' 것이다. 무심은 과학에서 말하는 질량의 법칙에 전혀 적용되지 않는다. 우리는 그럼으로써 우두의 깨달음이 던져주는 또 다른 그만의 독특한 맛을 이 시에서 느낄 수 있다.

보화의 오도송

선시가 저마다 독특한 맛을 안기듯 당대唐代의 보화가 쓴 오도시도 그의 날카로운 선기만큼 도리깨로 한방 맞는 기분이다.

밝음에서 오면 밝음으로 치고

어둠에서 오면 어둠으로 치고

사방팔면에서 오면 회오리바람 일으켜 치고

허공에서 오면 도리깨로 치고

明頭來明頭打 暗頭來暗頭打

四方八面來旋風打 虛空來連架打

보화는 갖가지 기행으로 무수한 일화를 지니고 있던 사람이다. 그는 길거리를 다닐 때 으레껏 방울을 흔들면서 이 노래를 불렀다 한다. 실제로 시어와 운율이 노래에 가깝다.

그런데 무엇을 왜 친단 말인가? 사방팔면에서 혹은 허공에서 오는 것도 가차 없이 친다고 말한다. 보화가 말하고 있는 깨침은 미진함이 없어야 한다는 것이다. 설령 그 어떤 것이 최고의 진리라 해도 '가졌다', '얻었다'는 의식이 남아있는 한 완전하지 못하다. 일체를 비워야 한다. 그렇기 때문에 그 모두를 치는 것이 보화가 추구하는 깨달음의 세계다.

보화 자신이 어느 하나에도 의지함 없는 불의일물不椅一物의 경지에 이르렀으니 "그 어느 것으로도 안 올 때는 어찌하겠느냐"는 임제의현의 추궁에도 "내일은 대비원에서 재가 있다더군"하면서 전신轉身의 자재함을 보일 수 있었던 것이리라.

이렇듯 오도시는 깨침의 경지를 미학으로 열면서도 그 근기의 자유자재함을 온 천하에 당당하게 과시하고 있다. 그래서 영원히 살아있는 언어로 여전히 우리의 본능을 자극하고 감성을 여지없이 깨뜨린다.

서정미를 함축하고 있는

서정선시禪詩

선시에 있어서의 서정시抒情詩는 일반 문학의 시 내용상 분류의 서정시완 다르다. 문학가들이 쌓아온 정서의 훈련이나 문학적인 감수성이 시 창작의 중요한 밑바탕이 된다는 건 불문가지의 사실이나 화두를 깨치는데 있어서 문학적 감수성이나 정서는 조금도 도움이 되지 못하고 오히려 군더더기와 같다. 선시 가운데 서정시가 일반 서정시와 달리 갖는 특징이다.

서정시lyric poetry는 원래 그리스에서 '리리lyre'라는 악기에 맞추어 노래 부르던 시의 뜻이었지만, 오늘날은 문학의 기본 장르의 하나로서 좁은 의미의 시를 뜻한다. 서정시는 '시인의 사상과 감정을 일반적으로 그리 길지 않게 연이나 절 속에 표현하는 시'라고 할 수 있다. 본래 시란 사물의 순간적 파악, 시인 자신의 순간적 사상과 감정을 표현한 것, 인생의 단편적인 에피소드, 영원한 현재 등으로 정의되고 있다.

이런 가운데 서정시는 연속적이고 역사적인 또는 서사적인 시간에 관심이 적은 것이 본질이다. 서정시는 예로부터 오늘날에 이르기까지 경험이나 비전이 집중되는 결정結晶의 순간에 존재한다. 때문에 아리스토텔레스가 '모든 창작행위는 모방에서 비롯된다.'고 했지만 서정시는 제외될 수밖에 없다. 더군다나 선시, 이 가운데서도 특히 서정시는 아리스토텔레스의 '모방론의 시학'의 예외라 할 수 있다.

선禪 서정시가 일반 서정시와 또 다른 특징은 '의식의 형태'다. 서구의 서정시에서 쉽게 파악할 수 있는 것은 시어가 추구하는 의식의 대상이 '그 무엇'에 있다는 점이다. 그러나 선에 있어서는 꼭 무엇인가 대상을 의식할 필요가 없다. 모든 선시에서 나타나듯 대상을 의식하고 있는 '의식'을 찾는 것이 아니라 모든 대상을 떠난 순수한 의식마음, 그 자체를 찾으려 한다는 점이다.

야부도천의 선시

그렇다면 가장 뛰어난 서정시의 백미로 일컬어지는 송대宋代의 야부도천冶父道川 ?~?의 선시를 감상해보자.

야부의 속성은 추秋씨이고 이름은 삼三이다. 생몰연대가 불분명하나 송나라 때 활동한 것으로 나타난다. 도겸선사에게 도천이라는 법명을 받았고 정인계성淨因繼成의 인가를 얻어 임제臨濟의 6세 손이 되는 것으로 기록되고 있다. 야부는 특히 금강경을 통해 자신의 선지나 가르침을 후학에게 전했다. 그 전하는 방법은 주로 송이나 시로 이루어졌는데 매우 간결하고 함축적이며 전하는 활구活句가 백미로 통한다.

> 대그림자 뜰을 비질하고 있다
> 먼지 하나 일지 않는다
> 달빛이 물밑을 뚫고 들어간다
> 수면엔 흔적 하나 남지 않는다.
> 借婆衫子拜婆門 禮數周旋已十分
> 竹影掃階塵不動 月穿潭底水無痕

7언절구의 형식을 갖추고 있는 이 시는 첫 1, 2구가 선의 심오한 경지를 읊고 있어 상당한 양의 설명을 요한다. 따라서 3, 4구만 한역한 것인데 이것만으로도 시적 영감이 감전되는 듯한 맛을 짜릿하게 느낀다. 극도로 절제되고 차분한 감정에 섬세한 필법이 읽을수록 독자를 압도하고 매료시킨다. 시적 상황을 영상으로 떠올리면 이처럼 아름답고 고요한 풍광은 없을 것이다. 그런 가운데 '선적 이미지'는 또한 얼마나 예리한가.

서정시의 가장 중요한 특징은 내적 세계와 외적 세계를 상호 연관 시키는 능력이라고 한다.

무사무욕無私無慾의 태도로 세계의 아름다움을 발견하는 시인의 심성을 우리는 원시인이나 어린애의 그것으로 비유하기도 하는데 야부의 이 시는 이미 그마저 뛰어넘은 천부적 선적 관찰을 내보이고 있다. 선사들의 삶과 죽음 문제를 깨치고 난 초월의 경지에서 노래한 시에서 우리는 고도의 정제된 정신적 수준과 뛰어난 문학적 감수성을 동시에 맛볼 수 있다. 자연관조의 결과가 선적으로 착색되면 얼마나 아름다운 시가 빚어지는 가를 야부가 이 시를 통해 여실히 반증하고 있는 것이다.

야부도천의 시작詩作으로 전해지고 있는 또 하나의 선시는 서정적 분위기를 물씬 풍겨내고 있다. 선시 중 최고의 서정시라 해도 지나치지 않다.

천길 낚싯줄을 내리네

한 물결이 흔들리자 일만 물결 뒤 따르네

밤은 깊고 물은 차가워 고기는 물지 않나니

배에 가득 허공만 싣고 달빛 속에 돌아가네.

千尺絲綸直下垂 一波載動萬波隨

夜靜水寒魚不食 滿船空戴月明歸

속된 말로 기찬 운치다. 굳이 수행자가 아니더라도 이 같은
운치는 누구나 맛보고 싶어 할 터이나 그 속에 담긴 선지를 담
아내기란 쉽지 않을 것이다. 그런 점에서 이 시는 최고의 시정
과 시상詩想, 시어와 선지禪智를 자랑하고 있다. 이 시의 특징은
미적 체험美的 體驗에 있다. 시에서 자아와 세계의 만남이 동일성
으로서의 만남이 되는 인자가 존듀이John Dewey가 말하는 미적
체험의 정의 속에 내재하고 있다면 이처럼 뛰어난 '서정적 자
아'를 만난다는 건 행운이다. 서정시의 모티브는 일반적으로
하나의 생각, 하나의 비전, 하나의 무드, 하나의 날카로운 정
서다. 어떠한 구성이나 허구적 인물, 작품의 연속성을 부여하
는 지적 주장도 없다. 그런 점에서 이 시는 하나의 아름다운
그림이라고 해도 무방하다. 그러면서도 사람을 일깨우는 무르

익은 선지를 시 속에 듬뿍 담아내고 있다.

물은 차고 고기는 입질을 하지 않는다. 돌아가는 배는 당연히 '빈 배'여야 하나 허공 가득한 '만선滿船'이다. 무엇을 구하고 버리고 할 것도 없는 상징적 이미지의 '만선'이다. 그러면서 무한한 여운을 남기며 종결을 짓는데 달빛 속에 돌아갈 곳은 어디일까? 마음이 충만한 세계, 버리고 구할 것도 없는 세계, 그곳은 환희와 평화가 충만한 깨달음의 세계일 터이다.

다만 이 시의 원작자가 지금까진 야부로 알려져 왔으나 〈선시〉의 작자 석지현은 당의 고승 석덕성釋德誠이라고 주장하고 있는데 확실하지는 않다.

포대화상의 운수송

한 그릇으로 천가千家의 밥을 빌면서
외로운 몸은 만 리를 떠도네
늘 푸른 눈을 알아보는 이 드무니
저 흰 구름에게 갈 길을 묻네.
一鉢千家飯 孤身萬里遊
青目睹人少 問路白雲頭

당대唐代 포대화상布袋和尚 ?~916의 '운수송雲水頌'이란 작품이다. 그는 포대자루 하나를 어깨에 메고 평생을 떠돌던 수행자였다. 그래서 '포대화상'으로 불렸다. 발우 하나에 의지해 걸식하며 떠돌던 심정이 이 시에 그대로 드러나 있다. 하지만 깨달은 이의 외로움이 담긴 심정의 반영이라는 점에서 예사 시가 아니다. 여기에서 '외로운 몸'과 '푸른 눈'은 포대 화상 자신이다. '푸른 눈'은 '깨달은 이의 눈'을 의미한다. 그가 천가의 밥을 빌고 만 리의 길을 여정하지만 '깨달음'을 눈치채는 이는 드물다. 때문에 깨달은 이의 외로움이 더욱 진하게 표현되고 있는 것이다. 그러나 마지막 구절에서 그 외로움이 자유자재의 대경지로 전환됨으로써 속물의 오해를 단박에 퇴치해 버린다.

'문로백운두'라. 흰 구름에게 갈 길을 묻는 포대화상의 심정은 여전히 무애와 자유를 상징한다. 5언절구로 운율과 리듬이 격을 살리고 있기도 하지만 서정시적 분위기가 한 폭의 그림 같은 평화를 안겨주고 있다는 점에서 선시로서의 매력 또한 강하다. 특히 자아[靑目]와 세계[白雲]가 분별 대립 없는 동일성을 이루고 있다는 점에서 선적 서정이 가히 일품이다.

관념시로 대표되는 선시

선시에 있어서 서정시가 사물의 아름다움을 해탈의 정서로 표현한다면 관념시는 대부분 이미지를 배제하고 추상적 관념만을 담은 사상시를 말한다. 추상적 관념은 상상력과 연계된다. 그런데 선자禪者들의 상상력은 시인의 상상력과는 그 격이 다르다. 생각의 출입이 자재하므로 기발하기도 하거니와 어느 경우엔 묘용妙用의 경지를 열어 보인다. 문학에 있어서의 상상력이란 지적인 동시에 정서적이며 감각적인 동시에 이성적이라는 것을 결합시키는데 있다. 다시 말해 상상력은 시 창작과 관찰의 전 과정에 침투하여 생기生氣를 불어넣는 역할을 하는 것이다. 혹은 그러한 특징을 의미한다.

그렇다고 상상이라는 능력이 따로 존재하는 것은 아니다. 선자들에게 있어서 상상력은 체험을 바탕으로 이루어진다. 즉, 체험의 요소들을 융합해 상상의 시어를 만들고 이를 통해 선지禪旨를 드러낸다. 가령 선시에서 등장하고 있는 '진흙소泥牛'·'돌계집石女'·'거북털龜毛' 등은 가공의 상상에서 빚어진 시어들이지만 그것은 오랜 선체험에서 나온 조형어造形語라 볼 수 있고 또한 그것들이 던져주는 선지가 무엇인지 해독될 때 '깨침의 미학이 이런 것이구나'라는 전율감 마저 느끼게 된다.

또 하나는 문학에서 얘기되는 열정熱情 passion을 수반하고 있다는 점이다. 선시에 있어서 관념시는 대부분 정서의 연소와 결합해 상상의 작용이 이루어지고 있다.

이는 선적 체험과 열기가 최고조의 상상력을 동반하고 있음을 반증한다. 열정을 수반하지 않는 상상은 상상이 아니라 환상幻想 fancy이다. 관념적 선시가 난해한 듯 하나 음미하면 할수록 '살아있는 언어'로 우리에게 다가서는 것도 선적 체험과 열기, 즉 열정이 수반돼있기 때문이다. 관념의 선시는 그래서 '죽은 말死語'도 살려내는 선지를 과시하는 특징을 보인다.

습득의 선시

우물밑 붉은 티끌이 일고

높은 산 이마에 파도가 치네

돌계집이 돌아기 낳고

거북털이 날로 자라네

보리의 도를 알려거든

자세히 보라 이 게시판을.

井底紅塵生 高山起波浪

石女生石兒 龜毛數寸長

欲覓菩提道 但看此榜樣

습득拾得 ?~?이 지은 것으로 전해지는 오언절구의 선시다.

습득을 말할 때 함께 거론되는 이가 한산이다. 여기에 풍간
선사를 더해 삼성三聖이라 불렀다 한다. 이들은 제각각 괴팍한
성격의 기인奇人이자 선승禪僧으로 전해진다. 이들이 실존 인물
인지 아닌지는 분명하지 않으나 기벽奇癖의 일화逸話와 파격의
시詩들이 알려져 있다. 한산과 습득은 중국 당나라 때 천태산天
台山 국청사國淸寺의 괴승 풍간豊干의 제자로서 세 사람 모두 자유
분방하고 광적인 기행奇行의 무위도인無爲道人이었다고 한다. 세
사람을 삼성, 또는 삼은사三隱士로 칭하였고 세 사람의 시를 모
아 엮어 낸 시집을 삼은시三隱詩라 일컫는다. 또한 풍간선사를
아미타불, 한산은 문수보살, 습득은 보현보살의 화신化身으로
거론하기도 한다.

습득은 풍간선사가 산에 갔다가 적성도赤城道 곁에서 주워 온
아이라 해서 붙여진 이름이다. 반면 한산은 국청사에서 얼마
떨어지지 않은 한암寒巖에 기거한 데서 유래한 이름이다. 천태

산의 국청사를 내왕하며 살았다고 한다.

삼은시에는 한산의 시가 314수가 들어 있고 습득의 시가 60수이며 풍간의 시 6수도 들어 있다. 습득은 국청사 부엌에서 밥짓는 일을 맡아 했는데 한산이 오면 찌꺼기를 모았다가 내주어 먹였다고 한다.

앞에 소개한 습득의 이 시는 시종일관 우리의 상식을 초월한다. '우물 밑에 티끌이 일고'나 '높은 산에서 파도가 치고 있다'거나 '돌계집이 돌아기를 낳고'가 모두 있을 수 없는 상황이다. 더군다나 거북에게 털이 있을 리 만무한데 날로 자라고 있다니 도대체 무엇을 얘기하려고 하는 것인지 납득하기가 쉽지 않다. 의아함과 당혹감이 앞설 뿐이다. 우리들의 지각으로는 현실세계의 어떤 모습으로도 떠올려 볼 수 없는 이들 심상은 묘사적 심상이 아니다. 의미 그 자체를 암시하는 상징어일 뿐. 그러나 선시를 이해하려 할 때 예지로 번뜩이는 오의奧義의 연쇄응집으로 받아들여야 한다면 이 시는 바로 그 점을 일깨우고 있다 할 것이다.

한문 맨 마지막 '방양牓樣'은 게시판을 뜻한다. 보리의 도를 알려면 게시판을 봐야 할 것이라고 습득은 말하고 있다. 그렇다고 게시판이 이런 것이라고 말로 설명할 수는 없다. 언어도단의 경지에 '깨침'이 있기 때문이다. 그저 번개같이 느껴지는

게 있다면 그것으로 이 시의 전달의미는 성공한 셈이다. 그래
서일까. "온종일 말을 해도 말한 바가 없고不說說 온종일 듣고
있어도 들었다는 생각이 없는不聞聞 그런 경지를 이 시는 읊고
있다"고 석지현은 그의 〈선시감상사전〉에서 밝히고 있다.

원오극근의 선시

화두의 방편으로 이용되는 관념적 선시도 눈에 띈다. 그 대
표적인 경우가 다음의 시다.

우물 밑에서 진흙소가 달을 향해 울고

구름 사이 목마 울음 바람에 섞이네

이 하늘 이 땅을 움켜잡나니

누가 남북동서를 가름하는가.

井底泥牛吼月　雲間木馬嘶風

把斷乾坤世界　誰分南北西東

원오극근圜悟克勤 1063~1135의 작품이다. 앞에 습득의 것과 마찬

가지로 상식세계를 초월한 경지를 읊고 있다.

원오극근은 송나라 때 임제종 스님으로 성이 낙駱씨였고 이름이 극근이다. 어려서 묘적원 자성自省선사에게 출가하여 경론을 연구하였고 뒤에 오조법연 선사의 법을 이었다. 불안佛眼·불감佛鑑과 더불어 오조문하 삼불三佛로 불리었다. 후학들의 선지도를 위해 설두중현의 <송고백칙>을 제창하였고 이를 엮어 <벽암록>을 만들었다.

'진흙소泥牛'는 여기에서도 등장하는데 우리나라 선시에서도 곧잘 인용되는 시어다. 이 시는 <선문염송> 제172번째 공안이다. 원오의 스승 법연선사가 어느 날 "비유컨대 소가 살창으로 지나간다. 머리와 사족은 모두 지나갔는데 왜 꼬리가 지나가지 못할까?"라는 질문을 대중 앞에 던졌다. 이 질문은 어떠한 지식인이라도 쉽사리 대답할 수 없고 또한 상식으로도 풀지 못한다. 결국 직접 부딪쳐 소와 한 몸이 되기 전에는 절대 불가능하다. 일반인의 지식으로는 머리와 뿔, 사족이 모두 지나간 후에 꼬리라는 점에 추고追考해 소가 외양간을 통과했다고 인식한다. 이러한 지식의 판단은 선리禪理와는 거리가 멀다. 선은 일반지식으로는 해결 못하는 것이기 때문이다. 일반지식은 선가에서는 버려야 할 지식 중의 하나다. 진짜 지식이 아니고 가짜 지식으로 작용하는 까닭이다. 물론 가짜라고 해서 모두 버려야 한다는 게 아니고 진짜를 파악하면 가짜가 진짜로 전환된다. 예를 들어보자.

동서남북이라는 지식은 통념적 지식이다. 그렇게 인식하기로 약속되어 있는 것일 뿐 그것이 진리이진 않다. 원래는 동서남북이란 없다. 그러나 해가 뜨는 방향을 동쪽이라 부르고 해가 지는 곳을 서쪽으로 부르자는 데 인식을 공유하기로 했기 때문에 동서남북의 인식이 이루어지는 것이다. 그렇지만 선가에서는 이를 부정한다. 원래는 동서남북이라는 구분이 없기 때문이다. 진리당체는 이럴 때에야 드러난다. 그래야 '이 하늘이 땅을 움켜잡는' 깨달은 이가 될 수 있다. 원오의 이시는 그래서 선적 체험을 통한 관념적 의도가 짙게 배어있다. 다시 말해 관념의 깊은 인지와 해득이 없으면 도달할 수 없는 경지를 말하고 있는 것이다.

야부도천의 관념시

여러 해 동안 돌말이 빛을 토하자

쇠소가 울면서 강으로 들어가네

허공의 고함소리여 자취마저 없나니

어느 사이 몸을 숨겨 북두에 들었는가.

多年石馬放豪光 鐵牛哮吼入長江

虛空一喝無蹤迹 不覺潛身北斗藏

　야부도천의 시다. 이 시도 일일이 따지고 분별하기엔 상식
이 용납하지 않는다. '돌말[石馬]'이 빛을 토한다는 것도 그렇
고 '쇠소[鐵牛]'가 울면서 강으로 들어간다는 것도 이해할 수
없다. 그러나 이해하려 하면 오히려 그르친다. 모든 선시가 그
렇듯 특히 관념적 선시에서는 언어와 사고로 기준을 삼아 시
를 이해하려고 했다간 본 뜻을 왜곡하고 만다. 크게 어긋나게
되는 것이다. 관념시가 추상적 관념의 사상시라고 할 때 여기
에서 보여주는 사상은 일초직입여래지―超直入如來地다. 단박에 뛰
어넘어 경계가 없는 경지로 들어 가 보라는 것이다.

　이처럼 관념시가 생경한 시어로 만들어내는 세계는 상식을
매번 벗어난다. 그렇다고 그것이 허상의 세계는 아니다. 오히
려 구도자들이 몸부림치며 뛰어들어야 할 구도의 세계다. 상
식과 고정된 관념으로는 이룰 수 없는 세계이기도 하다. 그러
므로 깨달은 이들은 말한다. 진여의 실상을 보려면 모두 버리
라고. 이를 야부도천은 '허공의 고함소리여 자취마저 없나니
'로 표현하고 있다. 그래서 관념적 선시는 현실세계에서는 전

혀 존재하지 않는, 절대적으로 선시 속에서만 존재하는 시적 심상으로 구성돼 있다. 대상을 있는 그대로 묘사해서 재현하는 모방적 심상이 아니라 현실세계의 모습으로 전혀 재구성할 수 없는 절대 심상을 사용한다. 그것이 한결같은 특징이다.

백운경한의 무심가

우리나라에서는 백운경한白雲景閑 1298~1374의 선시에서 이 같은 관념시를 접하게 된다.

물은 굽이나 곧은 곳을 흘러도 너와 나의 구별이 없으며
구름은 스스로 모였다가 흩어져도 친하거나 소원함이 없네
만물은 본래 한가로워 나는 푸르다 누르다 말하지 않는데
사람들이 스스로 시끄럽게 이것이 좋다 추하다 갖다 붙이네.

水也遇曲遇直 無彼無此

雲也自卷自舒 何親何疎

萬物本閑 不言我靑我黃

惟人自鬧 强生是好是醜

백운의 대표적인 선시 '무심가無心歌' 중 일부분이다.

백운은 고려 말 대선사로 이름을 날렸다. 고려 충렬왕 24년 전라도 고부에서 출생한 백운은 어려서 출가하여 경학을 익히고 수도에만 전념하다가 태고보우 국사와 마찬가지로 중국으로 건너가 원나라의 석옥청공石屋淸珙선사에게서 심법을 전수받았다. 또 인도의 지공指空 ?~1363대사에게 직접 법을 물어 도를 깨닫고 귀국했다. 이후 황해도 해주 안국사에서 11년간 머물며 선학을 널리 보급하는데 진력했다. 백운과 태고보우는 모두 석옥청공에게 선사의 법을 이어 받았지만 선 수행 방식에 있어서는 차이를 보였다. 보우선사가 간화선을 중시한데 반해 백운화상은 묵조선을 내세워 선풍을 드날렸다.

이 시는 백운의 사상과 관념을 그대로 드러내고 있다. 물과 구름을 비유해 세상 사람들의 분별심을 질타하고 있는 이 시는 그 자신이 좌선, 그 자체가 바로 깨달음의 경지임을 굳게 믿고 지관타좌只管打坐 오로지 좌선하는 것이란 뜻하는 묵조의 선사상을 반영하고 있는 것이다. 마음이 한결 같으면 이곳과 저곳이 따로 있을 리 없고 친하거나 낯설은 감정이 있을 수 없다. 말 그대로 '무심'이다. 무심이므로 좋다 추하다 논할 필요가 없다. 이 경계가 백운화상에겐 '깨달음의 자리'다. 군이 파격과 반전을 통하지 않더라도 관념의 일탈로 해탈의 길을 제시한다. 이것이 백운화상이 보여주고 있는 관념시의 형태다.

산중생활 수행을 노래한

산거시 산정시

산중생활山中生活의 서정을 읊은 시를 산거시山居詩 또는 산정시 山情詩라 한다. 깊은 산을 수행처로 삼아 정진했던 선승들에게 산거시가 대거 쓰여졌음은 어렵지 않게 짐작할 수 있다. 산거 시는 자연을 매개로 해 시상詩想의 전개가 이루어지고 있는 특 징을 보여준다.

자연의 서정을 노래한 대부분의 시가 그러하듯 자연은 시인 에게 있어 미적 관조의 대상이며, 은유와 상징 등 시적 표현의 중요한 매개다. 시인은 자연을 통해 정서를 순화하고 나아가 자연과의 교감을 통해 아름다움을 극대화하고 나아가 깊이 있는 시를 만들어 낸다.

　그러나 선승들이 자연 소재를 시적으로 형상화함에 있어 일반적인 문학의 자연시관自然詩觀과는 근본적으로 성격을 달리하고 있다는 점에 주목할 필요가 있다. 산에 사는 산승이 산을 노래한다지만 산과 산승은 둘이 아니다. 산과 자연을 객관적 대상으로 보지 않고 자신과의 합일로 보는 물아일체物我一體의 선적 관조가 근본을 이루고 있는 것이다. 자연 속의 사물 하나하나가 다 깨침의 흔적이며 깨침으로 가기 위한 여정이다. 이런 점에서 산거시는 도가풍의 자연시, 목가풍의 서정시와는 또 다른 특색을 지닌다. 다시 말해 자연을 다만 아름다움의 대상으로만 미화시키지 않고 자연 그대로가 제법諸法의 실상實相임을 일깨워주고 있다는 것이다. 산거시에서의 자연은 그래서 불법의 현현이며 불멸의 법신法身이다. 그렇기 때문에 산승들 역시 산과 하나 된 무애자재無碍自在하고 탈속한 무위의 삶을 산거시를 통해 보여준다. 산거시는 곧 선적인 관조를 통해 묘오妙悟의 경지를 구축하고 있다는 점에서 선시로서의 또 다른 매력을 안고 있는 것이다.

선월관휴의 산거시

중국선시에 있어서 대표적인 산거시를 남기고 있는 사람은 선월관휴禪月貫休 832~912다. 그는 산중생활의 기쁨을 경쾌하고도 날렵한 필치로 묘사하고 있다.

안개바위 푸른 틈을 뉘 있어 그릴까나

계수향 떨어지는 물에 풀잎 향기 섞이네

안개 걷고 구름 쓸며 운모雲母를 뜯나니

돌을 파고 솔 옮기다 복령을 얻었네

꽃 속의 예쁜 새는 경쇠 소리 엿보고

물 같은 어린 이끼 금병을 덮네

욕하려면 욕하고 웃으려면 웃게나

천지가 개벽해도 또한 거기 맡기네.

翠竇煙巖畵不成　桂香瀑沫雜芳馨

撥霞掃雲和雲母　掘石移松得茯苓

好鳥傍花窺玉磬　嫩苔和水沒金瓶

從他人說從他笑　地覆天飜也只寧

깊은 산 속에서 이처럼 절묘한 풍경이 있을 수 있단 말인가. 첫 1, 2구부터 시의 운치가 기막히게 살아나고 있다. 복령은 소나무 뿌리에 기생하는 버섯종류로 한방의 약재로도 쓰인다. '꽃 속의 예쁜 새는 경쇠소리 엿보고'가 산사의 평화로움, 그리고 자연과의 조화를 한폭의 명화처럼 표현한 것이라면 '욕하려면 욕하고 웃으려면 웃게나'는 깨침을 구하고 있는 필자 자신인 산승의 유유자적함을 드러내고 있다.

선월관휴는 이 같은 산거시 십 수편을 전해주고 있는데 한결 같이 산뜻하고 경쾌하며 활기가 넘친다. 고요하고 적막할 것만 같은 심산유곡의 산사 생활이 산의 온갖 정물情物을 통해 아름다우면서도 활기차게 다가올 수 있는 것은 산승 선월관휴의 선적 관조 때문에 비롯된다. 이는 '은둔'과 '도피' 속에서 자연을 예찬하는 도가류의 시하고는 전격적으로 대비된다. 도가류의 시가 대부분 세속 삶에 대한 '체념'을 진하게 암시하고 있는데 반해 선월관휴의 산거시는 유유자적함 가운데서도 깨달음의 기개를 표현하고 있다. 때문에 세속을 떠나 수행자 신분으로 은둔의 삶을 살고 있지만 '체념'과 '도피'의 냄새를 전혀 맡을 수 없다. 오히려 '깨침'을 향한 삶에서 무위의 진면목이 드러나고 있고 산속의 생활이 경쾌하기 이를 데 없다. 그는 이미 무위진인無位眞人의 길을 닦아 완성해 놓았다. 따라서 자신과 자연의 정물이 따로 있지 않다. 그가 있는 그 자리가 주객일여主客—如의 경지가 놓인 자리다. 이를 선월관휴는 산사의 정경을 빌어 설파하고 있는 것이다.

요암청욕의 산거시

다음의 시는 산에 사는 이의 유유자적함을 기교와 꾸밈없이 담담하게 보여주고 있는 대표적인 산거시다.

> 한가로운 이 삶이여 시비에 오를 일 없거니
> 한 가지 향을 사르며 그 향기에 취하네
> 졸다 깨면 차가 있고 배고프면 밥 있나니
> 걸으면서 물을 보고 앉아선 구름을 보네.
> 閑居無事可評論 一炷淸香自得聞
> 睡起有茶飢有飯 行看流水坐看雲

송대宋代의 요암청욕了菴淸欲 1288~1363이 지은 '산거'란 제목의 시다.

'마음자리'를 찾은 이는 절대무구의 순수한 자유를 누리게 마련이다. '마음'을 찾았는데 번거로울 것 없고 시비에 휘말릴 이유 또한 없다. 그러기에 '향을 사르며' '자득문自得聞'할 수 있는 것이다.

　향은 냄새지 소리가 아니다. 그런데 맑은 향을 사르며 들을 수 있는 묘오한 경지를 밝히고 있다. 선지가 향소리에도 농익어 있는 것이다. 절대무구의 자유는 3, 4구의 무애한 삶으로 이어진다. '졸다 깨면 차가 있고 배고프면 밥 있나니'란 대목은 이미 더 이상 구할 바가 없는 경지를 말하고 있다. 이것은 '마음자리'를 찾았으니 더 이상 허세를 부릴 일이 없음을 나타낸다. 한 마디로 무욕이며 무심이다. 더 탐하고 구할 군더더기란 없다. 때문에 심신이 안락한 평정심의 삶이 늘 이어진다. 3구는 그런 분위기를 강하게 풍기고 있다. 특히 '걸으면서 물을 보고 앉아선 구름을 보네'라는 4구는 언뜻 평범한 듯 보이지만 사실 '자연과 하나 된' 깨친 이의 경계를 드러내고 있는 것이다. 아니 어쩌면 작자는 그런 자신을 은연중 과시하고 있다는 해석이 더 나을 법하다.

이백의 산거시

산거시라고 해서 모두 '깨침'을 바탕하고 있는 것만은 아니다. 중국의 시성詩聖이라고 일컬어지는 이백李白 706~762의 작품을 감상해보자. 이 시는 그가 산속에 은거할 때 지은 것으로 세상에 널리 알려진 유명한 작품이다.

왜 산에 사느냐고 묻는 그 말에

대답대신 웃는 심정, 이리도 넉넉하네

복사꽃 물에 흘러 아득히 가니

인간세상 아니어라 별유천지네.

問余何意棲碧山 笑而不答心自閑

桃花流水杳然去 別有天地非人間

'왜 산에 사느냐 하면 웃지요'라는 명언을 탄생시킨 이백의 산거시다. 이백은 동시대 왕유가 신회와 보적선사 등 기라성 같은 대선사들과 교세하면서 선의 체험을 그대로 시화詩化했듯 그도 처음엔 선에서 출발했다. 1, 2구는 그의 선적 경지가 시어로 절묘하게 표현된 부분이다. 산에 사는 이유는 말로 설명

할 수 있는 성질의 것이 아니다.

그저 웃음 하나로 대답을 대신 하지만 넉넉한 심정과 여유가 물씬 풍겨진다. 그러나 아쉬운 것은 이백의 선적 관조가 여기에서 더 이상 나아가지 못하고 있는 점이다. 이백은 문학적 재질은 타고 난 인물이었다. 하지만 선승들과 같은 구도행을 깊이 체험하지 못한 속세의 천재 시인일 뿐이었다. 그래서 결국 선지를 살리지 못하는 행태로 이어진다. 깊이 있는 오의의 세계가 빠져 있다는 지적이다.

그러므로 어쩔 수 없는 한계를 보여주고 있다. 무릉도원의 신비경을 읊고 있는 제3구가 그것을 잘 말해준다. 그는 '깨침의 문' 대신 도가의 신비적 세계 속으로 빠져들고 있는 것이다. 실제로 그의 삶도 그랬다. 그는 후대로 갈수록 도가에 몸과 마음을 기울게 된다. 탁월한 시상과 구성은 그의 자랑이었지만 선자들의 산거시에 비해 정신적 궁핍을 느끼게 하는 이유는 바로 선지의 전달이 부족하기 때문이다. 하지만 그의 시상과 시어만큼은 대문장가답게 절묘하며 아름답다는 것은 누구도 부정할 수 없는 사실이다.

죽음 앞의 선지

열반시 임종게

죽음의 본능death instinct을 제거하고 영원한 삶을 누리는 것이 열반의 일반적 해석이다. 따라서 선사들, '깨친 이'들에게 있어서 죽음은 '영원한 삶'의 출발이다. 다시 말해 선사들의 죽음은 사바세계의 육신을 벗고 불멸법신不滅法身을 구가하는 축제다.

그렇지만 세속의 눈으로 보자면 선사들의 죽음은 범상하지 않다. 분명 축제긴 한데 선사들에겐 이마저도 거추장스럽다. 평소 밥 먹고 차 마시며 오줌 누듯 죽음을 그렇게 맞아들인다. 선리禪理를 체득한 선사일수록 죽음을 맞는 자세가 평범하기 이를 데 없다.

대부분의 열반시涅槃詩 또는 임종게臨終偈는 저마다 체득한 선리를 일깨우고 있다.

비록 고요함으로 가는[入寂圓寂]절차이긴 하나 그들이 남기고 간 열반시엔 다른 선시와 마찬가지로 할喝과 방棒을 무색케 하는 무서우리만치 섬찟한 선지가 담겨있다. 거기엔 죽음을 애도하는 추도나 만시輓詩의 흔적을 찾아볼 수 없다. 오히려 생사를 초월한 시적 아름다움을 어찌 그리 아름답게 빚어낼 수 있을까 하는 감동의 여운만이 짙게 드리우고 있을 뿐이다.

승조의 임종게

우선 초기의 임종게를 한 수 음미해보기로 한다.

> 육체는 내 것이 아니요
> 오온 또한 내 소유가 아니네
> 흰 칼날 목에 와 번뜩이나니
> 그러나 봄바람 베는 것 그와 같아라.

四大非我有 五蘊本來空

以首臨白刀 猶如斬春風

　　이 임종게의 주인공은 승조僧肇 383~414다. 구마라즙 문하의
수제자로 역경사업에 종사하며 많은 공로를 남겼다. 지겸이
번역한 『유마경』을 읽고 불교에 귀의했는데 관리가 되라는 왕
의 명령을 몇 차례 거역하자 처형당하는 신세가 된다. 이 임종
게는 처형당하기 앞서 읊은 것으로 죽음을 초월한 한 구도자
의 면모를 엿보게 한다. 이때 그의 나이 31세. 젊은 혈기가 아
직도 왕성할 즈음 죽음을 맞는 그의 자세는 '봄바람'처럼 평온
하다. 솔직히 가톨릭의 젊은 신부 김대건이 순교할 때와 비교
되는 장면이다. 김대건이 망나니의 칼질에 두려워 하지 않고
목을 더 길게 뺏다고 전해지듯 승조 역시 '흰 칼날이 목에 와
번뜩이는 순간'에도 평안을 유지하며 태연자약할 수 있었던
것은 4대의 육신은 내 것이 아니라는 불교의 진리를 체득했기
때문이다. 이런 논리로 볼 때 칼날은 가아假我를 벨 수 있지만
'참나'를 단도할 수는 없다. 승조는 '목을 베기 위한 칼날'을
'봄바람 베는 것'에 비유하고 있다. 죽음 직전의 극적 상황을
오히려 '미적 구도'로 전환시키고 있는데 목을 길게 빼고 있는
김대건의 작의적 상황과는 다른 모습을 보여주고 있다. 선가

의 죽음은 삶과 다르지 않은[生死不二] 데 있기 때문이다.

수산성념의 임종게

선사들은 대개 자기의 '갈 날'을 미리 알고 있다고 한다. 다음의 임종게는 후대 열반시에 적지 않은 영향을 미쳤을 뿐 아니라 열반시의 한 전형으로 자리 잡고 있는 대표적인 시다.

> 금년에 나의 나이 예순 일곱
>
> 늙고 병든 몸이 연 따라 살아가되
>
> 금년에 내년의 일 기억해두라
>
> 내년되면 오늘의 일 기억나리라.
>
> 今年六十七 老病隨緣且遣日
>
> 今年記取來年事 來年記著今朝日

임제종의 대종사 수산성념首山省念 926~993이 임종을 1년 앞둔 12월 4일 대중을 모아놓고 설한 게송이다. 내년이 되면 오늘의 일이 생각날 것이라니 대체 무슨 뜻일까 모두 어리둥절했다. 이듬해 12월 4일 시각도 어김없는 오시午時. 그는 대중들에게 작별인사를 고한다. 이 뒤를 이어 설한 것이 다음의 게송이다.

> 백은세계의 금색의 몸에서는
> 유정 무정도 하나의 진여
> 명암이 다할 때엔 함께 안 비추나니
> 해가 정오 온 뒤에 전신을 보이노라.
> 白銀世界金色身　情與非情共一眞
> 明暗盡時俱不照　日輪午後示全身

선사의 품격을 유지하며 대중들에게 교시하고 있는 이 시는 평생의 선리를 함축해 단 한 번에 보여주고 있다는 점에서 주목된다. 수산성념이 비록 임제종의 법맥을 이었다고는 하나 임제종이 다른 종파의 설시를 비교적 편견 없이 대했고 그런 가풍이 수산으로 하여금 조동종의 오위정편을 자기 것으로 소화했던 것으로 여겨지게 하는 게송이 바로 이것이다.

'금색신'은 최상의 황금에 비유되는 부처님의 몸을 말하는 것으로 진여야 말로 부처님의 본신이라는 의미다. 금색의 몸이라 할망정 '명암이 다할 때엔 함께 안 비추나니'다. 다만 해가 정오에 이르렀을 때 전신을 보인다 했으니 수산성념은 이미 금색신을 갖추었다는 것을 표현하고 있다.

본래 명암의 문제를 깊이 파고 든 것은 조동종이다. 이는 참동계를 지은 석두희천 이래의 전통이다. 명은 밝은 대낮에 삼라만상이 각각 제 모습을 드러내니 차별적 현상계라 하여 편위偏位라고 하고, 암은 어둠 속에서 모두 무로 돌아가니 평등의 진리 자체를 나타낸다고 해 정위正位라고 한다. 이 논리를 들어 구도자들의 수행이 얼마나 진척되었는지 파악함에 있어서 비유적 방법으로 대비시킨다. 수산 역시 이 방법으로 자신이 금색의 몸을 이루었음을 은연중 비유해 설명한다. 바로 이러한 경지를 수산은 게송을 통해 대중들에게 설파하고 있는 것이다.

그러면 그에게 자신의 죽음은 어떤 뜻을 지니는가. 당시 조동종을 중심으로 한 선사들이 자주 썼던 말에 일륜당오日輪當午가 있다. 해가 정오에 와 있다는 뜻이다. 이 순간은 어떠한 사물도 그림자 없이 광명 밑에 놓이는 것을 뜻한다. 그러나 수산은 '일륜오후'라 해 '일륜당오'마저 벗어난 시간, 다시 말해 깨달음의 흔적조차 남지 않는 경지에서 그의 열반을 맞고 있음을 대중들에게 암시하고 있다.

보본혜원의 임종게

    이러한 수산의 임종게는 훗날 보본혜원[1037~1091]과 부용도개[1043~1118]에서도 비슷한 류의 열반시를 남기게 하고 있다. 먼저 보본혜원의 임종게를 살펴본다.

> 쉰다섯 해 환영의 이 육신이여
>
> 사방팔방으로 쏘다니며 뉘와 친했던고
>
> 흰 구름은 천산 밖에서 다하고
>
> 만리 가을하늘엔 조각달이 새롭네.
>
> 五十五年夢幻身 東西南北孰爲親
>
> 白雲散盡千山外 萬里秋空片月新

    당시 이러한 류의 열반시가 이미 적지 않게 나왔다는 점에서 독창성이 떨어진다는 게 대체적인 평가다. 그러나 운韻과 율律 등 시가 가져야 될 기본요소 및 시어의 선택이 평범하지 않다는 점에서 시적 품격이 살아나고 있다고 말해진다. 또한 이러한 형태 및 서술은 계속 후대로 이어지고 있어 열반시의 한 전형을 이루고 있다. 사대육신은 가아로서 '환영'에 불과하다. 이 환영은 천산 밖에서 흰 구름이 모두 흩어지듯 죽음으로써 뿔뿔이 흩어질 것임을 상징한다. 그러나 '만리 가을하늘 조각달이 새롭다'는 것은 진아의 자성을 체득한 경지를 노래하는 것으로 해석된다. 즉 보본혜원 자신의 열반이 예사롭지 않다는 것을 표현하고 있는 것이다.

부용도개의 임종게

부용도개의 임종게는 형태는 비슷하나 죽음을 맞아서도 남다른 의연함을 보여주고 있다는 점에서 눈길을 끈다.

> 내나이 일흔여섯 세상인연 다했네
>
> 살아서는 천당을 좋아하지 않았고
>
> 죽어서는 지옥을 겁내지 않네.
>
> 吾年七十六　世緣今已足
>
> 生不愛天堂　死不怯地獄

수산성념의 열반시 형태를 따르고 있는 것 중의 하나다. 부용은 임종게를 통해 구도자로서의 정신적 기백을 과시하고 있다. 그에게 있어 삶과 죽음은 둘이 아니다. 또한 죽음 따위에 미련이나 두려움을 두지 않는다. 삶과 죽음은 하나의 자연스런 이어짐이요 현상이다. 선리가 다소 떨어진다는 지적을 받지만 구도행을 닦은 선사의 기백을 충분히 느끼게 해준다는 점에서 선열禪悅이 전해진다.

자신의 평생 기품을 메시지로 전하는 임종게는 우리나라에서도 적지 않다. 특히 생과 사를 하나로 여기는 선사로서의 가풍은 예나 지금이나 변함이 없다. 그런 점에서 부용도개의 임종게는 그 나름대로 한 전형을 이루고 있다고 할 수 있다. 특히 세연을 마감하는 노선사의 꿋꿋한 모습은 대중들에게 또다른 매력으로 다가선다. 이로써도 선시의 매력을 충분히 던져주고 있는 것이다. 무엇보다 부용의 임종게는 아주 단순하다. 다른 시에서 보여지는 꾸밈과 치장 그리고 과장이 없다는 점에서 오히려 돋보인다. 간결한 메시지가 어쩌면 임종게의 특징이라고도 볼 수 있는 대목이다.

원오극근의 임종게

중국 선종의 법맥을 잇는 이름 있는 선사들의 임종게는 저마다 독특함이 있다. 어려서 출가하여 여러 지역을 편력하다가 오조법연에게 사사하여 법을 이은 원오극근圜悟克勤 1063~1135도 그만의 독특한 선풍이 게송에 그대로 반영되고 있다. 중국임제종 양기파의 승려로서 원오극근은 송의 휘종으로부터 불과佛果선사라는 호를 받기도 했다. 특히 그의 임종게는 평소 보였던 후학의 제접방식과 크게 다르지 않다.

> 아무 것도 해놓은 것 없거니
> 임종게를 남길 이유가 없네
> 오직 인연에 따를 뿐이니
> 모두들 잘 있게.
> 已徹無功 不必留頌
> 聊爾應緣 珍重珍重

이 임종게의 특징은 일정한 형식에 구애받지 않고 있다는 점이다. 아무 것도 해놓은 것이 없어 특별히 따로 임종게라고 남겨 놓을 이유도 없다고 밝히고 있는데 내용을 알고 보면 역설과 반전의 기풍이 숨어있다고 볼 수 있다. 당시 원오극근이 누구인가. 휘종 고종의 두터운 존경을 받고 있었고 대정치가 장상영이 그의 법력法力에 탄복해 교유했으며 『벽암록』 10권을 편찬하는 등 대내외적으로 이름이 높았다. 그가 가는 곳이면 학인들이 구름처럼 몰려들었다. 그가 머물던 장산에는 학인을 수용할 자리가 없을 만큼 빽빽이 후학이 찾아들었다. 그런 그가 아무 것도 해놓은 게 없다고 하니 겸손한 태도로 치부하기엔 어쩐지 어색하다. 더욱이 생전 그의 성품을 들여다보면 겸손함과는 거리가 멀다. 그의 성품은 수컷의 기개가 그대로 배어있기 때문이다. 특히 호방한 남성선男性禪을 특질로 하는 중국선에서 겸손함이란 가당치 않다.

그렇다면 원오는 임종게를 통해 무엇을 말하려 했을까. 이를 알기 위해선 마지막 구절의 '모두들 잘 있게'를 제대로 음미할 필요가 있다. 세상인연 다했으니 가려는 것일 뿐 굳이 형식적으로 무엇무엇을 따로 남기고 할 이유가 없다. 다 부질없는 짓에 불과하다. '잘들 있게' 이 한마디가 기막히게 멋들어지면서도 긴 여운을 남기고 있다. 원오의 깨달음은 미진함이 없다는 반증이다. 나아가 그것으로써 후학들에게 지극한 도리의 길이 어디에 있는 것인지 큰 가르침을 던져주고 있는 것이다. 원오는 간화선의 거두이자 임제종에서 많이 애송된 《벽암록》의 편저자다. 그런 그가 '모두들 잘 있게' 란 말 이외 어떤 말을 세상에 남길 것인가? 역시 당대의 큰스님 다운 한 마디로 모두를 일깨우고 있는 것이다.

천동정각의 임종게

다음의 임종게는 이와는 반대로 묵조선의 제창자이자 자신이 중흥시킨 조동종에서 널리 읽힌 『송고백칙』의 저자 천동정각天童正覺 1091~1157의 것으로 원오극근의 임종게와 비교했을 때 좋은 대비가 되고 있다.

꿈같고 환영같은

육십칠 년이여

흰 새 날아가고 물안개 걷히니

가을 물이 하늘에 닿았네.

夢幻空花 六十七年

白鳥煙沒 秋水天連

선사들의 임종게로서 걸작으로 꼽혀지거니와 수준 또한 최상급으로 분류된다. 원오극근이 '아무 것도 해놓은 것 없거니'로 자신의 평생을 술회하고 있다면 천동정각 역시 '꿈같고 환영같은'으로 67년 세월을 회고한다. 정각도 원오와 마찬가지로 그의 문하엔 늘 1천명이 넘는 선객이 몰려들었다고 한다. 그에게 배우려는 선객들이 사방에서 몰려들어 제접에 늘 어려움을 겪었을 정도다. 그런 그도 자신의 평생을 '꿈같고 환영같은'으로 표현하고 있다. 다만 정각의 임종게가 원오와 다른 것은 바로 '이미지어'를 내세워 상징법을 쓰고 있다는 점이다. 문학에서의 상징법은 시의 품격을 높여준다. 여기에서 '흰 새'는 '지적인 번뇌[迷理惑]'를, '물안개'는 '감정적인 번뇌[迷事惑]'를 의미한다. 그 흰 새가 날아가고 물안개가 걷혔다 함은 '확철대오'했음을 상징하고 있는 것이다.

결론적으로 말하자면 원오와 정각은 모든 것을 여읜 '각자의 세계'를 구축했다고 볼 수 있다. 이들 둘이 세상인연을 떠나가는 터에 보여주는 것은 원오가 '잘들 있게'라는 말로 담담함을, 정각은 '가을 물이 하늘에 닿았네'라는 상징수법으로 '깨달은 이가 돌아가야 할 길'을 암시적으로 표출하고 있다는 점이다. 선시로 표현되고 있는 임종게의 높은 수준을 보여주고 있는 것이다.

이보다 앞서 임제의현臨濟義玄 ?~867의 임종게는 후사에 대한 염려가 묻어나 주목된다.

어찌해야 도의 흐름 그치지 않게 하리

진여 비춤 가없어서 그에게 설해 주되

명상을 떠난 그것 사람들이 안 받나니

취모검 쓰고 나선 급히 다시 갈라고

沿流不止問如何 眞照無邊說似他

離相離名人不稟 吹毛用了急還磨

정각은 임종게를 남기기 전 글로 대혜선사에게 후사를 부탁했다. 반면에 임제는 후사를 대중 앞에서 임종게로 대신했다. 열반할 때가 되었음을 안 임제선사는 마지막으로 법좌에 올라 말했다.

"내가 죽은 뒤에도 나의 정법안장이 없어지지 않도록 하라."

정법안장이란 불조로부터 전해 내려오는 진리 자체요 선의 법통이다. 그러자 삼성이 앞으로 나서 말한다.

"어찌 스님의 정법안장을 없어지게 하는 일이 있겠습니까?"

임제선사가 묻는다.

"이후에 누가 나타나 정법안장이 무어냐고 묻는다면 무어라 말하겠느냐?"

그 순간 삼성의 입에서 할이 터져 나왔다. 그러나 임제는 탄식하듯 말했다.

"누가 알았으랴. 내 정법안장이 이 눈먼 노새 손에서 멸망할 줄이야."

이 임종게는 임제선사가 이런 직후 읊은 게송이다. 그리곤 바로 앉은 채 입적했다고 전해진다.

임제는 후대의 원오극근 천동정각과는 달리 정법안장의 면면한 계승을 걱정하고 있었다. 임종게는 이같은 그의 염려가 진하게 배어있고 그에 대한 절절한 당부를 함축된 선지로 설파하고 있다. 임제라면 할로 유명하거니와 '살불살조殺佛殺祖'의 논리로 온전히 자재한 경지를 구축하라고 가르친 대선사다. 그런 그가 입적을 앞두고 정법안장을 존속시키기 위한 방편으로 생전의 '할'대신 '취모검' 한 자루를 놓고 메시지를 전하고 있다. 취모검은 터럭마저도 닿기만 하면 금세 베어진다는 예리한 칼이다. 그런 취모검을 쓰고 나선 또 다시 재빨리 갈아둘

것을 당부한다. 임제는 언제든 취모검으로 깨달음에 장애가 되는 어떠한 것이든 베어버리라고 선동하고 있는 셈이다. 죽음 앞에서도 그 가르침의 격함이 유별났으니 생사의 기로 따위에 상관할 바가 아니다. 그 자신의 당당함과 정법안장의 계승을 염려하는 심정이 고스란히 담겨 있다. 그의 입적이 역설적으로 더욱 빛나 보이는 이유이기도 하다.

앙산혜적의 임종게

정위선正位禪의 가르침으로 무설토 유설토의 선지를 드러내 후세에 '소석가小釋迦'라는 칭호를 받은 앙산혜적仰山慧寂 803~887의 임종게도 평소 그의 사상이 농축돼 있다는 점에서 눈여겨 볼 만하다.

일흔 일곱 나이 차니
무상이 오늘에 있다
그래서 해가 중천에 뜬 정오
양손으로 세운 무릎 휘어잡고 오른다.

年滿七十七 無常在今日

日輪正當午 兩手攀屈膝

　　앙산도 임제와 마찬가지로 정오가 되자 법좌에 올라 대중에게 이별을 고한 후 이 게송을 읊고 입적했다고 한다. 일흔 일곱의 나이가 '찼다'함은 생존의 충만 충족을 뜻한다. 무상이 오늘에 있다 함은 생사에서 해방됐고 절대적 진리 속에 살아온 그에게 있어서 자신이 가는 날을 '무상'으로 뜻하지는 않을 것이란 점에서 깊게 생각해야 할 대목이다. 무상은 역설적으로 '영원한 지금'일 수 있다. '영원한 지금'은 시간과 공간을 초월한다. 깨달은 이의 눈으로선 중생을 일깨우기 위해 이런 표현을 빌어 올 수밖에 없었을 터이다. 그것은 바로 뒤에 나오는 '일륜정당오'를 통해 알 수 있다. 앞서 수산성념의 임종게에서 살펴 본 '일륜당오'의 뜻과 맥을 같이하는데 당오란 온갖 사물이 털끝만한 그림자도 수반하지 않은 채 그 진상을 확연히 드러내는 순간을 말한다. 그 순간에 그는 마지막 구의 표현처럼 '양손으로 세운 무릎 휘어잡고 오른다'처럼 그런 식으로 죽음을 맞는다. 그 자세는 일원상의 모습이다. 그는 생전에 '일원상'의 가르침을 폈다. 평소에도 앙산은 일원상을 그려놓고 그 속에 여러 가지 글이나 상징물을 그려 넣는 습관이 있었다. 그는 죽는 순간에도 일원상의 가르침을 몸소 체현해 보이며 그렇게 갔다.

한국선사들의
열반시

깊은 산중 선사들의 득력得力은 예나 지금이나 세속인들이 범접할 수 없는 기백으로 당당하다. 선사들의 이러한 전통은 한국 산문에서도 여실하게 드러난다. 오히려 중국선사들에게 허술하게 나타난 섬세함마저 갖추며 인간과 우주의 근본실체를 깨닫는 오경悟境의 세계를 구축하고 있다.

우리가 역대의 선어록이나 선시를 읽을 때 '숨막히는 돌연성' '침묵 가운데 솟아오르는 우레 소리' '번뜩이는 언어의 섬광' '예기치 못한 돌발적인 행위와 기행' '상대를 일깨우는 유머' '격렬한 심장의 고동소리' '캄캄한 절벽으로 몰아세우는 듯한 갑작스런 질문'등 시적 감수성과 영감이 한국 선시에도 일대 장광을 이루고 있는 것은 선적 체험이 중국과 크게 다르지 않기 때문으로 분석된다.

선시 가운데 임종게는 오히려 중국 선사들을 압도한다. 고려 때부터 단절되지 않고 오늘날까지 이어지고 있는 임종게는 저마다 일상언어의 논리를 초월하며 사자후의 위엄을 과시하고 있다. 물론 선어의 채택과 선시 형식에 있어선 부분적으로 중국 선사들의 임종게를 모방하고 있는 것도 없지 않지만 특유의 한국선을 표방하는데 있어선 독특함마저 배어있다. 8~90년대 한국불교계의 살아있는 부처로 존경받던 성철 스님이 '한평생 사람들을 속였으니 그 죄업이 수미산을 덮는다'라는 임종게를 남기고 입적했었다. 시상과 시어가 한결같이 역설적이었는데 그를 아는 법정 스님 등 많은 문도들이 '그 다운 임종게를 남겼다'고 입을 모아 평했다. 이렇듯 한국선사들은 저마다 '그다운' 임종게를 남기고 갔다.

한국 선시 가운데 '임종게'가 특별히 주목되고 있는 것은 이같은 '독특함' 때문이며 남다른 선적 체험과 깨달음의 세계를 동반하고 있기 때문이다.

백운경한의 임종게

우선 한국선시의 무한한 가능성을 제시한 인물로 평가되고 있는 백운경한白雲景閑 1299~1375의 임종게를 살펴보자.

인생살이 칠십년은

예부터 드문 나이라

일흔일곱 해 전에 왔다가

일흔일곱 해 후에 가네.

人生七十歲　古來亦稀有

七十七年來　七十七年去

경한은 조사들의 심체를 파악하면서 끝내 무심에 돌아가기를 바랬다. 그 무심의 결과가 있는 그대로의 빛이나 소리 또는 언어의 표현으로 나타난다. 그는 그것을 참다운 불리佛理고 불사임을 강조했다. 따라서 경한은 말로는 표현할 수 없는 사실을 그때 그때 여여한 말로 표현할 수밖에 없었을 것이므로 형식적 구속을 받아야 하는 시가詩歌를 즐기지 않았다. 주옥같은 선시를 수없이 남긴 경한의 임종게는 어찌 보면 매우 단순하기 이를 데 없다.

그렇지만 여기에 '그다운' 선지가 듬뿍 배어있음을 간과해선 안 된다.

'일흔일곱'을 말하지만 그것은 '무흔無痕'이다. 그는 무흔의 경지를 이미 체득했다. 때문에 그는 임종 직전 제자들을 모아놓고 이렇게 말했다. "내 부도를 세우지도 말고 비석도 세우지 말라. 내 죽거든 반드시 화장해 그 재를 강물에 띄워 보내며 더 이상 어떤 흔적도 남기지 말라."

무심과 무흔을 일갈하고 있는 백운경한의 경지가 임종게에 그대로 반영되고 있는 것이다. 무흔을 강조하는 경한의 가르침은 오늘날에도 더욱 절절히 귀담아 새겨야 할 대목이다. 무엇이든 남기고 흔적내려 하는 경향이 농후해지고 있는 세상에 대해 경한의 무심과 무흔의 메시지는 더욱 강렬하게 다가서고 있기 때문이다.

태고보우의 임종게

경한이 무심이라면 같은 고려조의 선승 태고보우太古普愚 1301~1382는 유심적唯心的 가풍歌風을 이루고 있다는 점에서 대비된다.

이러한 특색이 엿보이는 그의 임종게다.

> 인간의 목숨이란 물거품이니
> 팔십여 년이 봄꿈 속에 지나갔네
> 가죽 주머니를 버리고 돌아가나니
> 한 덩어리 붉은 해는 서산에 지고 있네.
> 人生明若水泡空　八十餘年春夢中
> 臨終如今放皮袋　一輪紅日下西峰

구산선문의 단일화 작업으로서 통합선문을 구축하려했던 고승 보우는 유심唯心의 시중어록示衆語錄으로도 유명하다. 그는 모든 것을 '마음의 부림'으로 보았다. 생사의 개념도 마음의 생멸로 보았으니 일체유심조가 불교에서 말하는 상식적 선리이기는 하지만 보우처럼 유심을 강조한 이도 드물다.

그에게 육체란 '가죽주머니'에 불과하다. 때문에 죽음이란 그저 가죽 주머니를 '버리는放' 행위다. 그가 '무無'자 화두를 들어 깨친 것도 결국 유심의 본색으로 돌아와 모든 의심을 끊었다는데 독특한 특징이 있다. 따라서 보우에게 나타나는 선시의 시어는 대부분 마음과 직결된다. 달리 말해 마음의 은유적 표현이다. 즉 그의 선시에서 나타나는 '구름' '산'등은 마음의 상태 혹은 일심의 세계를 상징하는 매개물이다. 임종게 마지막 구절 역시 일심의 세계로 들어가는 그의 심정을 대변하고 있다. 그의 전 생애를 통해 보여지고 있는 그의 남다른 도량은 여느 선사들의 그릇보다 컸다. 그랬던 만큼 도량이 큰 보우 자신을 표현하듯 임종게 역시 장중하기 이를 데 없다. 서산에 지는 해처럼 장중하게 입멸을 노래하고 있는 것이다.

허응보우의 임종게

그런데 이와는 달리 조선시대의 허응보우虛應普雨 1515~1565는 그의 일생을 광대놀이에 비유하는 임종게를 남겨 눈길을 끈다.

> 환인이 환인의 마을로 들어와서
> 오십여 년 동안 미친 광대짓 했네
> 인간의 영욕사, 다 놀아 마친 뒤에
> 꼭두각시 중의 모습 벗고 맑고 푸른 곳으로 올라가네.

幻人來入幻人鄉　五十餘年作戱狂
弄盡人間榮辱事　脫僧傀儡上蒼蒼

　허응보우는 서산과 사명을 키워낸 고승이다. 조선 중엽 선
종을 부흥시킨 허응당은 문정왕후의 절대적 신임을 받으며 교
계 안팎을 쥐고 흔들었던 당대의 풍운아였다. 또한 문정왕후
의 몰락과 함께 그 역시 죄인으로 몰려 제주목사의 장형^{杖刑}으
로 최후를 맞는 비극적 인물이기도 하다. 허응당은 선사들이
최고의 덕목이자 행복으로 꼽는 좌탈입망의 환경을 누리지 못
했다. 오히려 장형과 돌멩이로 숨을 거둬야 하는 불행한 최후
를 겪었다.

　그러나 그의 임종게를 보라. 어디에도 회한이나 두려움 따
위는 없다. 미련도 없고 번잡한 세속사에 대한 티끌만큼의 감
정도 없다. 다만 거짓의 세계에 나아가 광대짓으로 당대를 풍
미한 자신의 초탈한 신분을 말하고 있을 뿐이다. 마치 후대 근
대 한국불교의 선 중흥조라 일컬어지는 경허선사의 모습과도
비슷하다. 아니 경허선사의 원조다. 그는 이 세상에 와서 멋진
한판의 광대놀이를 하고 돌아갔다. 선정의 절대경지를 체득하
지 않고는 이 같은 류의 글을 감히 흉내낼 수 없다. 선사들의

역설적 시어 선택이 선시의 격조를 높이듯 허응당은 광대를 내세워 진여의 실체를 엿보게 한다. 중국 원오극근의 겸손함, 천동정각의 꿈같은 인생술회를 담은 임종게도 기실 허응당을 능가하지 못한다는 느낌이다. 허응당의 시어에는 오묘한 섭리가 깃들어 있기 때문이다. 선시일여禪詩一如의 경지를 우리가 허응당에게서 충분히 느끼게 되는 이유다. 우리 한국선의 기백이 또한 여기에 담겨있어 자랑스럽기도 하다.

청허휴정의 임종게

그렇다고 선가의 전형적인 임종게가 없는 것은 아니다. 청허휴정淸虛休靜 1520~1604이 그 대표적인 경우다.

> 천가지 계책과 만가지 생각
> 불이 벌건 화로 한송이 흰 눈일뿐
> 진흙소가 물위로 가니
> 대지와 허공이 갈라지네.
> 千計萬思量　紅爐一點雪

泥牛水上行　大地虛空裂

　서산은 이 임종게를 남기곤 단정하게 앉아 열반에 들었다. 서산이 누구인가. 임진왜란 때 승군을 이끌며 혁혁한 공을 세우는 등 당시 어지러웠던 시대적 상황에서 산전수전 다 겪은 인물이다. 천 가지 계책으로 왜군을 격파했고 만 가지 생각으로 불교를 괴롭힌 왕권과 유생들을 상대했다. 그런 그였지만 그의 본분은 역시 깨친 눈 밝은 선사였다. 온갖 모든 것이 '화로의 한송이 눈'과 같은 것이라며 진실무망의 참된 진리를 그는 일깨우고 있다. 우리는 이 임종게를 통해 승군장 서산이 아니라 득도의 경지에 이른 한 고승의 넉넉한 모습을 읽을 수 있다.

　백운경한이 무심 무혼의 경지를, 태고보우가 유심의 가풍을, 허응보우가 그의 일생을 광대놀이에 비유하는 임종게를 남긴 것은 다들 '그다운' 득도를 회향하는 모습이라고 볼 수 있다. 또한 임진왜란 때 활약했던 승군총사령관 청허 역시 선승으로서 깨달음의 세계를 보여주는 임종게를 남겼다. 청허는 특히 선시에 있어서 이백의 영향을 받긴 했으나 이백을 능가하는 선시의 거장으로 자리하게 된다. 한국선시가 대부분 임제풍 선시의 영향을 크게 벗어나지 못하고 있을 때 청허의 출현은 비로소 한국 특유의 은둔적이며 서정적인 선시풍을 띠게 됐다는 것이다. 청허는 한국선시의 지평을 확대하는데 크게 기여했다. 그의 제자들인 정관일선靜觀一禪 1533~1608, 공안선시公案禪詩의 거장으로 일컬어지는 청매인오靑梅印悟 1548~1623, 선기 넘치는 시로 유명한 소요태능逍遙太能 1562~1649, 승속무애僧俗無碍의 경지를 열어보인 편양언기鞭羊彦機 1581~1644 등은 다 청허의 제자들로 한국선시를 찬란하게 꽃피운 주역들이다.

부휴선수의 임종게

반면 청허와 동시대 인물로 동문수학한 부휴선수浮休善修 1543~1615는 청매인오가 꼽은 5대성사벽계정심, 벽송지엄, 부용영관, 청허휴정, 부휴선수의 반열에 나란히 하고 있는 것도 당시의 그의 법 지위를 말해주는 대목이다. 부휴는 우수어린 이별풍의 선시를 잘 쓰기로 유명하다. 그러나 그의 임종게는 득도회향의 시간을 맞아 별리別離가 애초 있을 수 없는 경지로서, 담담한 한 폭의 선화처럼 펼쳐지고 있다.

일흔 세 해 허깨비 바다에서 노닐다가

오늘 아침 껍질벗고 처음으로 돌아가네

본성은 확연하여 걸릴 것이 없나니

여기 어찌 깨달음과 나고 죽음 있으리.

七十三年遊幻海　今朝脫穀返初源

廓然眞性元無碍　何有菩提生死根

　　부휴는 일생을 바람처럼 물처럼 흘러 다니며 참선에 열중했
던 사람이다. <원각경>을 읽고 큰 구렁이를 제도했는가 하면
광해군이 무고로 옥중에 연루된 부휴선사의 뛰어난 기개와 선
지 깊은 법문을 듣고 죄 없음을 살펴 석방하면서 온갖 진기한
보물을 선물했다는 일화가 전해지듯 그의 법덕은 매우 높았
다. 부휴는 그의 높은 덕을 흠모하여 사방에서 재물을 헌납하
는 이가 줄을 이었으나 곧 그것을 없는 이에게 나누어주어 한
물건도 취하지 않았으니 청빈낙도의 도량 또한 깊었다.

　　임제종의 대선사 수산성념이 정오에 대중에게 작별인사를
고했듯 부휴도 그가 73세 되던 해 11월 초하루 해가 중천에
이르자 목욕을 마치곤 시자를 불러 지필을 준비하게 한 후 게
송 한 수를 읊었다. 그것이 이 임종게다.

　　태고보우가 그의 육신을 일러 '가죽주머니'라고 한데 반해
부휴는 여문 낱알을 의미하는 '곡穀'자를 썼다. 피대란 표현보

다 진일보한 선시 용어의 선택으로 여겨진다. 왜냐하면 '탈곡'은 익은 볍씨를 드러내게 하는 작업으로서 부휴의 몸은 이미 깨친 이의 몸뚱아리다. 그 육신을 벗고 근본으로 돌아간다는 의미이니 깊은 선지가 반영됐음을 짐작할 수 있다. 3, 4구는 이러한 그의 깨침을 뒷받침한다. 본성을 확연히 드러냈으니 걸림이 없고 걸림이 없는 이에게 깨달음과 생사가 따로 구분이 안된다는 의미다. 담담하지만 한 폭의 선화를 대하듯 아름답다. 부휴는 그렇게 죽음을 아름답게 맞이했다.

소요태능의 임종게

한 폭의 선화를 대하듯 임종게도 아름답게 쓸 수 있는 것이라면 이와 반대로 임제의현처럼 모골이 송연할 정도로 섬찟함을 안겨주는 임종게도 쓰여졌다.

해탈이 해탈이 아니니

열반이 어찌 고향이리

저 장검의 빛 사무치나니

입 벌리면 그대로 목이 잘리네.

解脫非解脫　涅槃豈故鄉

吹毛光爍爍　口舌犯鋒鋩

　　앞의 임종게와는 달리 이것은 섬찟한 느낌을 던져준다. 마치 임제의현의 '취모검'을 떠올리게 하는 이 임종게의 주인공은 소요태능이다. 소요가 이 게송을 읊자 무지개가 하늘에 좍 펼쳐지고 기이한 향기가 방에 가득했다고 전해진다. 기이함은 이 뿐만이 아니다. 소요선사의 법구를 다비하는 날 저녁 영골이 불 밖으로 뛰어나오고 사리 두과가 축문에 따라 공중으로 솟아올랐다고 한다. 소요의 높은 법력과 선지를 흠모하여 문도들이 지어 낸 얘기일수도 있으나 그만큼 소요가 범상한 법기가 아니었음을 반증하는 것이다.

　　소요는 13세 때 백양산에 놀러갔다가 속세를 벗어날 뜻을 굳혔고 나이 20에 서산대사로부터 전법게를 받았다. 그의 법력은 일찍부터 남다른 데가 있었으니 '삶이 없다'는 무생無生의 경지를 터득한 이후 자유자재한 선풍을 만들었다. 그가 법석을 펼치는 곳에는 대중이 구름 모이듯 몰려 들었고 법문은 막힘 없이 물 흐르듯 터져 나오니 임제의 종풍이 소요로 인하여 크게 일어났다.

그의 선시에는 기교가 없다. 담박하고 순수했다. 그의 이러한 시풍은 임종게에서도 그대로 드러나고 있다. 임종게 어디에도 기교를 부리는 걸 찾을 수 없다. 군더더기 또한 없다. 임제의 선풍을 잇고 있는 한국의 선사답게 그 역시 '취모검'을 휘두르는 기백이 있다. 취모검을 내세우므로 수식과 기교 따위가 붙을 리 만무다. 다만 선사로서의 담백한 순수만이 자리할 뿐이다. 마지막 임종게에서도 그는 선기 넘치는 직관의 세계를 휘두르고 있다. 그는 임제의 저 유명한 '할'처럼 격식 밖의 선지는 따로이 전하지 않고 있다.

무경자수의 임종게

청허휴정 이후 또 하나의 뛰어난 선시의 거장 무경자수無竟子秀 1664~1737가 있다. 그의 선시는 천변만화풍千變萬化風을 이루고 있다. 선시마다 예지로 가득 차 있고 시상詩想이 막힘없이 굽이치는 그의 선시로 인해 한국 선시는 또 한 번의 발전적 전환을 맞는다.

이런 그이기 때문에 임종게 역시 다른 선시와 차별된다.

　　한소리 외치매 삼생의 꿈 깨어지고

외지팡이 휘둘러 대적관을 여네

만고에 당당한 진면목이여

어느 때 어느 곳에서도 서로 볼 수 없네.

一星揮破三贓夢　隻杖撞開大寂關

萬古堂堂眞面目　何時何處不相看

　자수의 속성은 홍씨洪氏이며 법호는 무경無竟이다. 어머니 김
씨金氏가 꿈에 석불승石佛僧이 와서 자식으로 태어나기를 원한 뒤
임신하였다고 한다. 12세에 출가하여 문식文式의 제자가 되어
16세에 구족계具足戒를 받았다. 운문사雲門寺의 추계선사秋溪禪師를
찾아가서 공부하고 그의 법맥法脈을 이어받았다. 처음에 경전을
공부하다가 나중에 선禪을 익혀 대성하였으며, 숙종 때 전국의
고승 49인을 뽑아 사나사舍那寺에서 대법회를 열었을 때 참여하
여 설법하였다. 1737년 7월 나이 73세, 법랍 58세로 임종게臨終
偈를 남기고 입적하였으며, 탑은 전주 송광사에 세워졌다.

　자수의 임종게를 보면 대번에 담력이 크다는 것을 쉽게 느
낄 수 있다. 또한 깊은 체험에서 우러나오는 지혜의 외침이 낯
설지 않다. 이러한 임종게를 남기려면 최소한 절절한 수행이
없으면 불가능하다. 그는 쌍계사에서 대중을 모아놓고 미소를

보인 후 열심히 공부할 것을 당부하곤 입적했다. 마지막 순간까지 출가자로서의 본분사를 염려한 까닭이다. 그래서인가. 무경이 갈 때 가물던 하늘에 번개가 울면서 서기가 서리고 다비에 이를 때까지 이적異蹟이 연달아 일어났다고 한다.

퇴옹성철의 임종게

현대 한국불교사에서 선수행의 상징으로 일컬어지던 퇴옹성철退翁性徹1912~1993의 임종게도 독특한 선지를 담고 있다.

한평생 사람들을 속였으니
그 죄업이 수미산을 덮고 남는다
산 채로 지옥에 떨어져 그 한이 만 갈래니
한 덩이 붉은 해가 푸른 산에 걸려있네.
生平欺狂男女群 彌天罪業過須彌
活陷阿鼻恨萬端 一輪吐紅掛碧山

시상詩想과 시어詩語 시정詩情이 하나같이 역설적이다. 원오극근이 아무 일 해놓은 것 없다 했고 부용도개가 지옥과 천당을 겁내지 않는다 했다. 그런데 성철스님은 한평생 사람을 속였고 그 죄가 수미산을 덮고도 남는다고 한다. 성철스님이라면 7년 장좌불와로 유명하거니와 명리를 초탈하고 일생을 산에서 살면서 '살아있는 부처'로 숭앙되던 인물이다. 더군다나 정법에 의한 불교를 강조했던 그가 사람들을 속였다 함은 지나친 역설이 아닐 수 없다.

그러나 여기에 성철다운 선지가 그득하다. 어머니의 몸을 빌은 육신은 그의 '참'이 아니다. 거짓의 몸으로 그는 조계종단의 6~7대 종정을 지냈고 수많은 이들의 참배를 받았다. 그가 파계사 성전암에서 결사할 때 속가의 어머니가 찾아오자 돌을 던지며 쫓아냈다는 얘기는 모든 거짓을 풀고 참으로 돌아가기 위한 그의 불굴의 의지였을 터이리라. 그가 깨침을 증득하고 나서도 역시 육신의 굴레는 벗지 못했다. 그의 가르침보다는 그의 명성을, 그의 몸을 친견하기 위한 발걸음이 줄을 이었으니 '속이고 살았다'는 표현은 그런 뜻이리라. 하지만 4구를 보라. 깨달은 이의 장엄한 모습을. 한 덩이 붉은 해는 육신을 벗은 그의 법신이며 푸른 산은 열반의 문이다. 그는 그렇게 역설적으로 중생을 일깨우고 영원불멸의 세계로 나아갔다.

가산지관의 임종게

2012년 새해 벽두 1월 2일 입적한 가산당伽山堂 지관智冠 대종사는 '사세게辭世偈'라는 제목의 임종게를 남겼다. 그는 1947년 해인사에서 자운 대율사를 은사로 출가해 해인강원을 졸업한 후 1976년 동국대에서 박사학위를 취득했다. 해인사 주지를 지낼 때는 치문 · 서장 · 도서 · 선요 · 절요 · 능엄경 등 전승교학 주석서를 찬술 유포하였고 후학양성과 전승교육도량 활성화에 매진했다. 종립 동국대학교 총장을 지내면서 학교위상을 크게 올려놓은 것도 업적으로 꼽힌다. 또 1991년 사재私財를 털어 가산불교연구원을 설립한 후 세계최고최대의 불교사전인 『가산불교대사림』 편찬을 시작해 입적 전까지 12권을 발간했다. 특히 지관스님은 『교감역주 역대고승비문』 등 전6권을 저술하여 한국불교문화의 보고인 금석문 연구의 새로운 금자탑을 이루기도 하였다. 2005년 조계종 총무원장으로 취임했던 스님은 법랍 66세, 세납 80세를 일기로 일대사 인연을 접었다.

스님의 임종게는 매우 소박하다.

무상한 육신으로 연꽃을 사바에 피우고

허깨비 빈 몸으로 법신을 적멸에 드러내네

팔십년 전에는 그가 바로 나이더니

팔십년 후에는 내가 바로 그이로다.

無常肉身 開蓮花於娑婆

幻化空身 顯法身於寂滅

八十年前 渠是我

八十年後 我是渠

'사세辭世'란 '세상을 하직하며'의 뜻이다. 지관스님은 당신이 곧 입적에 들어가게 됨을 예견하고 친필로 이 임종게를 남겼다. 여기에 나오는 '거시아 아시거'는 서산대사와 진묵대사도 자신의 임종게에 이 표현을 쓰고 있다. 이는 물에 비친 내가 허상이듯 내 육신 또한 허상으로 없는 것과 마찬가지다. 즉 삶이란 물 속에 비친 나의 모습처럼 인연 따라 잠시 온 것에 불과하다. 하지만 '법신을 적멸에 드러내네'의 표현처럼 스님은 깨달은 이의 환지본처를 여실하게 강조함으로써 원적의 즐거움을 나타내고 있다.

조주종심趙州從諗의

십이시가十二時歌

　　예로부터 선사들은 선지禪旨를 표방하는데 있어서 다양한
방법을 동원했다. 할과 방이 그중의 하나이거니와 선시도 선
지를 담아내는 한 수단이었다. 특히 선시의 황금시대로 일컫
어지는 당대唐代에는 선리禪理가 함축된 수많은 선시들이 쏟아져
나왔다.

　　선사들마다 독특한 시풍을 형성하고 있는 선시는 저마다 선
지를 표방하는 방법을 각각 달리하고 있다. 산정山情 회고懷古 이
별離別 운수雲水 전법傳法 등 다양한 형태의 시로 중생들의 삶을
일깨웠는데 거기엔 깨달음을 말하는 선지가 그윽했다.

그런데 특별히 눈길을 끌고 있는 것은 시간별로 나누는 형식에 따라 선지를 서술하는 선시가 있었다. 이를 십이시가十二時歌라 한다. 이러한 십이시가는 지공誌公 운문雲門 설두雪竇 등이 작품을 남기고 있으나 그중 백미는 역시 조주종심趙州從諗의 십이시가가 꼽힌다.

조주종심778~897은 1백20세를 산 고불古佛로 추앙받았다. 그는 고준하고 질박하며 때로는 직설적이면서 한편으로는 제접 납자들에게 친절한 선풍을 남긴 인물로 평가되고 있다. 그런 가운데 무엇보다 5종 가풍을 형성하는 대부분의 선사들과 중국선풍의 황금시대를 함께 구가했다. 그의 특징은 선풍을 활달하고 활기있게 펼쳐냈다는 데 있다. 그래서 오늘날까지 조주의 선풍은 사람들에게 남다르게 각인되고 있는 것이다.

지금도 한국불교의 산문에서는 개는 불성이 없다는 '구자무불성狗子無佛性' 뜰앞의 잣나무라는 '정전백수자庭前栢樹子'의 화두가 가장 많이 보편적으로 참구되고 있는데 이것이 모두 조주에서 비롯된 것이다. 그만큼 그는 맑은 지견과 뛰어난 선기禪機, 그리고 어디에도 걸림없이 활달한 세계를 펼쳐보인 법력의 주인공이었다. 이런 그가 '십이시가'를 통해 '선'이라는 틀마저 벗어난 무선無禪의 세계를 보여주고 있는 것은 선세계의 또 다른 확장으로 기여한 부분이다. 이러한 이유로 '십이시가'를 무위선시無爲禪詩, 또는 깨달은 이의 삶을 읊고 있는 것이라 해서 '격외시格外詩'라고도 부른다.

'십이시가'는 중국의 평범한 한 시골노인의 하루十二時 생활을 있는 그대로 묘사하고 있는 작품이다. 조주선사의 위의로 보아 당연히 '십이시가'는 더없는 현묘한 도리가 설해져 있을 것이라는 기대를 누구나 품게 마련이다. 그러나 이러한 기대를 갖고 십이시가를 접한다면 대번 실망감에 빠져들 수밖에 없을 것이다. 십이시가는 말 그대로 생활시의 한 단면으로 그려지고 있기 때문이다. 먼저 '축시편'과 '인시편'을 감상해보자.

닭 우는 축시

문득 잠에서 깨어 쓸쓸한 내 모습 보네
속옷과 웃옷은 한 벌도 없고
다 해진 겉옷만 남아있네
허리 없는 잠방이, 발들일 데조차 안남은 고의
머리에는 비듬이 서너 말은 되겠네

도를 깨쳐 중생제도 해보려던 노릇이

누가 알았겠나, 이 멍청한 꼴 될 줄이야.

鷄鳴丑　　　　　愁見起來還漏逗

裙子褊衫箇也無　　袈裟形相些些有

褪無腰袴無口　　　頭上靑灰三五斗

比望修行利濟人　　誰知變作不啷溜

새벽녘 인시

벽촌의 부서진 암자 말로 형언키 어려워

아침 죽 속에는 쌀알이라곤 전혀 없으니

하염없이 창 틈 사이 먼지만 바라볼 뿐

들리느니 참새 지저귀는 소리뿐, 인적은 없어

홀로 앉아 잎 지는 소리 듣네

누가 말했는가 수행자는 애증을 끊는다고

생각할수록 눈물이 손수건을 적시네.

平旦寅　　　　　荒村破院實難論

解濟粥米全無粒　　空對閑窓與隙塵

唯雀噪 勿人親　　　獨坐時聞落葉頻

誰道出家憎愛斷　　　思量不覺淚沾巾

　어찌보면 신세타령이다. 당대 대선사로 추앙받고 있던 조주
선사의 몰골도 몰골이려니와 신세타령이 딱하다. 해진 옷을
탓하고 쌀 한 톨 안 보이는 죽을 탓하고 있으니 실망스럽기까
지 하다. '창 틈 사이 먼지'는 요즘 말로 하면 지하셋방을 연상
케도 한다. 가난과 능력 없는 사람의 상징이다. 그러나 조주선
사가 평범한 인물은 아니지 않은가. 무엇을 세상 사람들에게
말하고 싶은 것인가? 우리는 이 시에서 숨어있는 격외格外의 경
지를 눈치 채지 않으면 안된다.

　조주는 '평상심시도'의 경계를 이미 뛰어넘은 대선사다. 깨
달은 이는 배고프면 밥 먹고 졸리면 잠자는 평상의 도를 체험
한다. 이러한 경지도 깊은 수행과 체험이 뒷받침되지 않으면
불가능하다. 그런데 조주는 이미 그 단계도 뛰어넘고 있다. 성
과 속을 자유자재로 넘나들 수 있다는 것은 깨친 이의 경계가
아니고선 불가능한 일이다. 조주는 어떻게 성과 속을 자유자
재로 넘나드는가? 조주는 이 시를 통해 속세의 비속어도 마음
대로 갖다 붙여 사용한다. 일례로 '멍청한[不喞溜]'이란 말은
송나라 때 저자거리에서 쓰던 비속어다. 마치 미디어의 힘을

빌리지 않고도 유행을 따라 잡는 경지는 문학적 재능을 겸비하든지 아니면 그 세계에 묻혀 살아야 가능하다. 조주는 산속 암자에 기거하는 산승에 불과하지만 저자거리의 유행도 파악하고 있었다. 그래서 세속 사람들이 쓰는 비속어도 자신의 말인양 빌려쓸 수 있었다. 여기에 조주의 진면목이 있다. 그는 산승이면서도 현실세계와 등지고 살지 않았다. 오히려 그렇기 때문에 그의 자유로운 삶이 더욱 돋보인다. 그러므로 그만의 언어, 그만의 가풍, 그만의 선지를 고집하거나 내세우지 않는 것이 조주의 특장에 해당된다. 다만 조주는 일체 경계에서 초탈해 있는 산승의 자유스러움을 표현하고 있을 뿐이다. 이러한 그의 법력을 알아내기란 결코 쉬운 일은 아닐 것이다. 조주의 경계에 나아가야 하며 그 이상의 것을 체득해야 가능한 일이다. 조주의 높은 경지를 엿볼 수 있는 '미시편'을 감상해 보자.

해가 기우는 미시

이제는 굳이 밥 빌러 다닐 필요가 없네
배부르면 지난날 굶주림 잊는다더니

오늘 내 신세가 그리 되었네

참선도 하지 않고 경전도 안 읽나니

해진 멍석 깔고 누워 한잠을 자네

천상의 그 어디라 해도

등을 따뜻하게 데워주는 이런 햇살 없으리.

日昳未　　　　　　者回不踐光陰地

曾聞一飽忘百飢　　今日老僧身便是

不習禪 不論義　　　鋪箇破蓆日裡睡

想料上方兜率天　　也無如此日炙背

　조주는 항상 선사의 본래면목과 본지풍광本地風光에서 학인을 이끌고 일깨웠다. 누가 조주 스님에게 물었다. "어떤 것이 화상의 가풍입니까?" 스님은 대답한다. "안으로 한 생각도 없고 밖으로 구하는 바도 없다." 배가 부르니 도솔천이 부럽지 않은 그의 심경은 이미 그의 가풍 그대로를 전하고 있다. 가부좌를 틀고 참선을 할 이유도 없고 경을 논할 필요도 느끼지 않는 그는 이미 경계를 초탈해 있다. 깨달은 이로서 해탈의 여유가 이 시편에 진하게 배어있는 것이다.

　마지막으로 '자시편'을 보면 조주가 당대 최고의 선승인데 대한 이의를 불식시키기에 충분한 격외의 도리를 보여주고 있다.

밤중인 자시

생각은 잠시도 멈추지 않아
출가한 수행자 가운데 나처럼 사는 사람 얼마나 되리
맨흙바닥에 다 해어진 깔자리
느릅나무 목침에 이불은 전혀 없네
불전에 피울 향조차 없으니
재 속의 쇠똥 타는 냄새나 맡을 뿐이네.

半夜子　　　　　　心境何曾得暫止
思量天下出家人　　似我住持能有幾
土榻床破蘆簾　　　老楡木枕全無被
尊像不燒安息香　　灰裏唯聞牛糞氣

　어쩌면 우리나라 근대불교의 선 중흥조로 일컬어지는 경허 선사에게서 조주선사의 체음이 느껴진다. 경허를 떠올리면

'삼수갑산과 주색'이 연상된다. 그러나 그에게 있어선 이마저도 거추장스러울 뿐이다. 속임이나 가식이란 찾을 수 없다.

깨달음마저 진작 떠나버린 사람. 일소부주—所不住의 자유인. 경허와 조주에게서 동시에 느껴지는 대목이다. 마음이란 본래 천변만화를 일으키게 마련인데 조주는 그 마음을 굳이 속이거나 감추지 않는다. 그렇다고 분별심과 경계를 긋지도 않는다. 오히려 쇠똥타는 냄새를 맡으며 구경의 경지를 설파한다. 선지를 의식하지 않으면서도 '십이시가'가 깊은 선지를 담고 있고 신세타령을 하면서도 격외의 도리를 설파하고 있는 것은 조주이기 때문에 가능하다. 십이시가는 그래서 선시의 백미로 꼽는데 누구도 주저하지 않는다.

직관적 경지를 읊는

선지시禪智詩

선시의 세계는 깨치지 않고는 그 실체에 절대로 접근할 수 없다고 한다. 때문에 박산선사博山禪師는 일찍이 이렇게 말했다.

"선사들의 말 한마디 글 한 귀절은 마치 큰 불더미와 같아 가까이 갈 수도 만질 수도 없는 것인데 어찌 그 가운데 앉고 누울 수 있으랴. 더욱 그 가운데 주저앉아 크고 작은 것을 가리고 좋고 나쁜 것을 가린다면 목숨을 잃지 않는 사람이 없을 것이다."

선사들의 말 한마디는 일상인들의 사고방식으로는 도저히 접근할 수 없는 큰 불더미와 같다는 것이다. 목숨까지 운위할

만큼 필자로선 경지의 근처도 맛보지 못한 터라 달리 할 말은 없으나 분명한 것은 '큰 불더미'같은 섬광과 풍광을 선시에서 적지 않게 맛보고 있다는 것이다.

그 가운데서도 선의 이치와 직관적 경지를 읊고 있는 선지시禪智詩는 저마다 '불더미'를 안고 있다. 그 불더미는 살갗을 데우거나 깊은 상처를 남기는 게 아니라 번갯불 같은 감전을 통해 자신도 모르게 영혼을 살찌게 한다. 비록 달을 가리키는 손가락만 볼지언정 그것만으로도 '선지'의 출중하고도 빼어난 가르침에 압도된다.

선지시는 일상의 논리적 사유나 추론으론 이해할 수 없을 뿐 아니라 해석이란 더더욱 불가능하다. 흔히 논리의 논증이라 할 수 있는 연역법이든 귀납법이든 어떠한 공식을 들이대고 논하더라도 그 선리가 추구하는 세계를 설명해 내기란 어렵다.

선지시는 때로는 기발하며 정서적이다. 그런데 여기에서 멈추지 않는다. 갑자기 일상적 사고를 뒤집어 보인다. 그러므로 역설적이다. 그러다가 또 반대로 거울이 산산조각 나듯 생각의 파편들이 와장창 부서진다. 섣불리 집어들었다간 손가락을 베이기 일쑤다. 하지만 처참히 부서진 거울 조각이 정교하게 맞춰지듯 놀랄만한 정합성을 보여주기도 한다. 그러나 이것은 우리가 그렇게 느끼는 것일뿐, 앞에 언급했듯 '선지'를 풀기란 범인凡人으로선 한계를 여실히 드러낼 수밖에 없다. 그렇다고 그 '선지'의 '답안'이 없는 것은 아니다. 분명 언어도단을 강조하면서도 그 언어가 끊어진 그 자리에 가르치고자 하는 '경지'가 놓여있음을 간과해선 안 된다. 선지시를 접하는 우리의 매력과 호기심을 감추지 못하는 이유도 바로 여기에 있다.

육조혜능의 선지시

선지시 감상의 시작은 우선 육조혜능六祖慧能 638~713을 찾는 게 순서일 듯하다.

> 이 몸은 보리수 아니요
> 마음 또한 거울 아니네
> 본래 아무 것도 없거니
> 어디에 티끌이 묻겠는가.
> 非身菩提樹 心鏡亦非臺
> 本來無一物 何假拂塵埃

이 시는 5조 홍인의 법을 잇는데 있어 라이벌 관계에 있던 신수의 입장을 정면으로 비판하는 내용이다. "이 몸은 보리수요 / 이 마음 밝은 거울이니 / 부지런히 갈고 닦아 / 티끌 묻지 않도록 하라"는 신수의 게송은 점수漸修의 입장이다. 이에 반해 혜능은 편견 자체를 부정함으로써 돈오적頓悟的 입장을 취하고 있다. 후대 선종의 주류는 대부분 혜능의 입장 쪽으로 기울었다. 물론 양자간의 이 게송을 놓고 어느 입장이 옳은가 등등 해석이 분분하나 확실한 것은 법맥을 잇고자 하는 두 거목의 첫 선지 대결이었다는 점에서 이 시들은 주목된다. 분명한 것은 혜능의 이 게송으로 인해 5조 홍인으로부터 의발을 전수받았다는 점이다. 나아가 신수에게 우위를 차지하는 드라마틱한 일화마저 담고 있다.

설두중현의 선지시

선지를 다루는데 있어서 이 둘과 비슷한 양태를 보여준 이들이 설두중현雪竇重顯 980~1052과 천동정각天童正覺 1091~1157이다. 설두가 공안의 경지를 선지시로 활짝 문을 열었다면 정각은 명상적 요소가 짙은 묵조시의 시발을 보여주고 있다. 이 중 설두의 선시를 하나 감상해보자.

> 누런 종이를 황금이라고 누가 말했느냐
> 첫 화살 약과로다 뒤 화살이 매서운 것
> 선禪의 저 물결 이와 같다면
> 무수한 사람 땅에 빠져 죽었으리.
> 誰云黃葉是黃金 前箭猶輕後箭深
> 曹溪波浪如相似 無限平人被陸沈

『벽암록』의 제93칙 공안 '대광작무大光作舞'를 선시로 표현한 설두의 작품이다. 『벽암록』은 선납자들이 화두를 들고 정진할 때 최고의 공안집으로 삼는 애송서다. 이는 선사상의 지평을 활짝 열게 하는 설두의 작품 「송고백측」을 훗날 원오극근이 수시, 착어, 평창을 가미해 나온 것이다. 「송고백측」은 백 개의 얘기로 엮어져 있다. 부처님부터 당시까지의 선종에 관계된 모든 사실을 나름대로 정리해 백 개의 얘기를 짧은 문장으로 만들고 그 얘기 하나하나에 시를 엮어 밑받침했다. 때문에 설두의 공안시는 이외에도 수십 편이 전해져 내려온다.

여기 이 시에 나타난 선지는 나我라는 집착을 버리라는 메시지가 강조되고 있다. 설두중현은 부처님이 사십 구 년 동안 설법한 금구성언은 실제로 종잇돈黃葉에 불과할 뿐 진짜 황금은 아니라고 얘기한다. 진짜 황금은 화두를 타파하고 진짜의 나를 찾았을 때 드러난다. 선열禪悅이란 허망과 가아를 모두 버리고 대도의 경지를 터득할 때 느껴지는 희열이다. 이렇게 될 때 비로소 선승 대광의 춤도 알게 될 것이란 뜻이다. '무수한 사람이 땅에 빠져 죽었다'는 의미는 선의 이치를 간파하지 못한 채 허송세월하다가 뭇 땅에 묻힌 수많은 수행자들을 말한다. 그러므로 안일한 방식과 관습으로 오랜 세월 면벽정진한다고 해서 깨달음을 구할 수 있는 것은 아님을 훈계하고 있다. 선의 참된 도리와 이치를 깨달아 낡은 방식들을 버리라는 것이다. 설두는 이 시를 통해 '나'를 버릴 때 세계와 내가 하나 되는 범아일여梵我一如의 경지에 도달할 수 있음을 일깨우고 있다.

양기방회의 선지시

이번엔 자신의 생활과 어우러져 번뜩이는 선지를 드러내는 선시를 음미해보자.

양기산의 임시거처

지붕과 벽 엉성하니

방바닥 가득 뿌려진 눈의 구슬

그러나 목 움츠리어

가만히 탄식하며

생각노니, 나무 밑에

거처하신 옛 어른의 일.

楊岐乍住屋壁疎　滿床盡撒雪珍珠

縮却項暗嗟噓　飜憶故人樹下居

　오가칠종의 하나인 양기파의 개조 방회선사[993~1046]의 시다.
그는 양기산에 보통선원을 개원하고 이곳을 중심으로 교화를
폈다. 보통선원은 평범한 그저 그런 선원이 아니었던 모양이
다. 가난이 묻어나는 남루한 집이었다. 지금으로 말하자면 달
동네 쓰러져 가는 판자집의 모양새다. 당연히 눈비가 오면 방
안에 물이 떨어지기 일쑤였다. 어느 날 폭설이 내리자 삽시간
에 온 방안이 눈 천지가 되었다. 불도 제대로 때지 못하였으니
내리는 족족 눈이 언덕을 이루었을 터이다. 이에 한 제자가 집
을 수리하자고 제의했다. 그러자 방회선사가 제자의 요청을
물리치고 읊은 것이 이 게송이다.

방회는 자신의 절을 임시거처로 불렀다. 불교에서는 사람의 몸을 4대 5온을 빌려 이룬 '가아'라고 말한다. 마찬가지로 보통선원 역시 잠시 이승에서 살다 갈 임시거처에 불과한 것이다. 방회선사는 이것에 빗대 보통선원을 잠시 머물다 가기 위해 빌린 것이라 여기고 있었다. 따라서 제자가 방을 수리하자고 제안했을 때 방회의 생각은 집을 수리하는 것이 중요한 일이 아니라 마음을 수리하는 일이 수행자의 일대사임을 일깨워 주고 싶었을 것이다. 그런 그이기 때문에 방회는 방바닥에 가득 쌓인 눈을 '구슬'이라고 표현하고 있다. 이 유유자적은 오랜 수행과 깊은 선리를 투철하지 못하면 갖출 수 없다. 이미 허망과 분별의 경지를 뛰어넘어 있으므로 눈은 현상적인 '차가운 형태'의 눈으로만 와 닿지 않는다.

그것은 그저 유유자적한 선사의 눈으로 보니 아름다운 구슬로 비쳤을 것이란 얘기다. 그러나 방회에겐 이로서도 충분치 않았다. 자신은 임시거처라도 가지고 있지만 생각해보니 부처님은 지붕과 벽도 없는 보리수의 맨땅 위에서 깨달음을 추구했던 구도자였다. '생각노니, 나무 밑에 거처하신 옛 어른 일'이란 바로 부처님을 지목하고 있다. 아무 것도 가진 것 없는 무소유를 통해 정각을 이루신 부처님의 정진. 그는 자신이 갖고 있는 남루한 집마저 호사로 받아들였을 지 모른다. 이처럼

소박하고 아름다운 시를 통해 철저한 무소유와 치열한 구도정
신을 강조하고 있는 데에서 그의 선지가 더욱 돋보인다.

확암지원의

십우도+牛圖

십우도+牛圖는 중국 12세기 때 살았던 확암지원廓庵志遠 ?~?이 자서目序와 게송을 지어 선을 닦아 마음을 수련하는 순서를 그림을 곁들여 표시한 것이다. 이를 선종에서는 본성을 찾는 것을 소를 찾는 것에 비유해 그린 선화로 받아들여 선의 10단계 수행단계로 이해한다. 십우도의 작자가 청거靑居라고도 하나 확실하지는 않고 여러 자료적 정황으로 보아 확암 쪽이 가깝다고 해석되고 있다.

또 하나는 중국 송나라때 만들어진 보명普明의 십우도다. 확암의 십우도와 함께 이 두 종류가 우리나라에 전래되고 있으나 대체로 사찰의 법당 벽화엔 확암의 것이 많이 그려지고 있다. 중국의 경우엔 십우도 대신에 말을 묘사한 십마도+馬圖를 그린 경우도 있고 티벳에서는 코끼리를 묘사한 십상도+象圖가 전해져 내려오나 우리나라에선 찾아볼 수가 없다. 보명의 작품은 소를 길들인다는 뜻에서 목우도牧牛圖라고 하는데 반해 확암의 것은 소를 찾는 것을 열 가지로 묘사했다고 해 십우도라고 하는 차이가 있다.

실제로 불교와 소는 친밀한 관계에 있음을 여러 경전을 통해 느낄 수 있다.

『유교경遺敎經』에 보면 수행하는 것을 소먹이는 것[牧牛]'에 비교하고 있고 『법화경』에도 불승佛乘을 '큰 흰소가 이끄는 수레[大白牛車]'에 견주고 있다. 또한 부처님이 수시로 들려주는 각종 예화에도 소는 심심치 않게 등장한다. 이런 영향을 받아서인지 몰라도 중국 선사들의 법거량에도 소는 자주 인용된다. 특히 이 가운데 남악회양이 마조도일을 깨치는데 있어서 '소에 채찍질을 할 것인가, 아니면 수레에 할 것인가'란 말은 유명하다. 또한 우리나라 근대의 고승 경허선사가 이와 유사한 '심우송'과 '심우가'를 지어 그의 구경지를 밝힌 것도 유명한 일화로 전해지고 있다.

십우도의 대체적인 내용은 처음 선을 닦게 된 동자가 '본성'

또는 '자성'이라는 소를 찾기 위해 산중을 헤매다가 마침내 도를 깨닫게 되고 궁극에는 선종의 최고 이상향에 이르게 됨을 나타내고 있다. 확암의 십우도를 각 단계별로 보면 ① 심우尋牛로 소를 찾는 동자가 망과 고삐를 들고 산속을 헤매는 모습이다. 이것은 처음 발심한 수행자가 아직 선이 무엇이고 본성이 무엇인지 알지 못하나 그것을 찾겠다는 열의로 공부에 임하는 것을 상징한다. ② 견적見跡으로 소발자국을 발견한 것으로 순수한 열의를 가지고 공부하다 보면 본성의 자취를 어렴풋이 느끼게 된다는 것이다. ③ 견우見牛로 동자가 멀리서 소를 발견하는 모습이다. 이는 본성을 보는 것이 눈앞에 다다랐음을 상징한다. ④ 득우得牛로 동자가 소를 붙잡아서 막 고삐를 낀 모습으로 묘사된다. 이 경지를 선종에서는 견성見性이라 하는데 마치 땅속에서 아직 제련되지 않은 금돌을 막 찾아낸 것과 같은 상태를 말한다. ⑤ 목우牧牛로 거친 소를 자연스럽게 놓아두더라도 저절로 가야 할 길을 갈 수 있게끔 길들이는 모습이다. 삼독의 때를 지우는 보임保任의 단계다. ⑥ 기우귀가騎牛歸家로 동자가 소를 타고 구멍 없는 피리를 불면서 본래의 고향으로 돌아오는 모습이다. 이때의 소는 완전한 흰색으로 특별한 지시를 하지 않아도 동자와 일체가 되어 피안의 세계로 나아가게 된다. ⑦ 망우존인忘牛存人으로 집에 돌아와 보니 애써 찾은 소는 온데 간 데 없고 자기만 남아있는 모습으로 묘사된다. 결국 소는 마지막 종착지인 심원心源에 도달하기 위한 방편이므로 고향집에 돌아온 이상 방편은 잊어야 한다는 것을 말해주고 있다. ⑧ 인우구망人牛俱忘으로 소 다음에 자기마저도 잊어버린 상태다. 객관이던 소를 잊었으면 주관이었던 동자도 성립되지 않는다는 주객분리 이전의 상태를 의미한다. 이 경지에 이르러야 비로소 완전한 깨달음이다. ⑨ 반본환원返本還源으로 이제 주객이 텅 빈 원상 속에 자연의 모습이 있는 그대로 묘사된다. 이쯤 돼야 '산은 산이요, 물은 물이다'란 말이 실감될 수 있다. ⑩ 입전수수入廛垂手로 지팡이에 큰 포대를 메고 사람들이 많은 곳으로 가는 모습이다. 이때의 큰 포대는 중생들에게 베풀어 줄 복과 덕을 담은 포대로서 불교의 궁극적인 뜻이 중생제도에 있음을 상징한 것이다.

이 가운데 일곱 번째 '망우존인'과 아홉 번째 '반본환원', 열 번째 '입전수수'편을 차례로 감상해보자.

그대와 함께 이미 고향집에 왔네
그대는 없고 나마저 한가롭네
해가 이마 위에 오도록 늦잠 자나니

채찍과 멍에 따위 곳간에 던져두네.

騎牛已得到家山 牛也空兮人也閑

紅日三竿猶作夢 鞭繩空頓草堂間

　‘그대와 함께 고향집에 왔으나 그대는 없다’란 말은 자성을 회복한 뒤 그 수단이 되었던 방편은 이제 쓸모없게 됨을 말하는 것이다. 그로써 도인의 한가로움이 역력하게 드러난다. 깨달음의 크기 역시 ‘홍일삼간’에 있다. 해가 낚싯대의 세 길이만큼 길어진 긴 낮을 의미하는 것으로 중천에 해가 이른 당오堂午와 비슷한 뜻이다. 깨달은 이에겐 부질없는 일은 아무 의미가 없다. 채찍과 멍에가 필요 없으니 그 따위 것은 모두 곳간에 버려버리고 느긋하게 잠이나 청할 일이다. 목가풍의 전원적인 분위기를 조용하게 음미하고 있으나 사실은 깨침의 순간과 깨친 이의 행동거지를 모두 상징적으로 묘사하고 있다는 점에서 뛰어난 선시가 아닐 수 없다. 단어 하나하나와 전달하는 의미 모두가 상징이다. 일종의 ‘은유적 선시’라면 틀린 말일까.

집에 간다, 짐챙긴다, 날뛰는 것은

눈먼 듯 귀먹은 듯 그보다는 못하이

이 몸에 앉아 이 몸을 보지 않나니

물 절로 아득하고 꽃 절로 붉은 것을.

返本還源已費功　爭如直下若盲聾

庵中不見庵前物　水自茫茫花自紅

　산은 산이고 물은 물이다라는 초보적 세계는 상식과 과학을 밑바탕한 미혹의 세계다. 그런데 산도 없고 물도 없다는 부정을 통한 진리추구는 적멸의 세계다. 무념無念에 근거한 때문이다. 그러나 이를 뛰어넘으면 다시 물은 물이고 산은 산이다. 이를 일러 적일조寂一照의 세계, 일체평등과 입득세간 출세무여入得世間 出世無餘를 이룬 현실적 세계가 다시 펼쳐진다.

　일체만물은 그대로 완벽한데 내가 공연히 깨달음이니 도니 외치며 다녔던 것이다. 그리하여

　마음의 고향, 즉 자성을 보고나니 물도 그대로이고 꽃도 붉은 채 그대로이다. 여기에 깨달은 이의 마음자락과 사물 관조의 진실이 그대로 드러난다. 이러한 상태는 주객대립의 의식이나 능소의 분별이 있을 수 없다. 마지막 '입전수수'편을 보

자.

맨발에 가슴 풀고 저자에 뛰어 드네
흙먼지 쑥 머릿단 두 뺨 가득 웃음바다
이것은 신선의 비결이 아니라
옛 나무에 꽃 피는 바로 그 소식이네.
露胸跣足入廛來 抹土塗灰笑滿顋
不用神仙眞秘訣 直教枯木放花開

대단원의 종결은 저잣거리에 뛰어드는 것으로 돼있다. 다시
말해 출가하기 전의 제자리로 돌아온 셈이다. 그러나 그냥 돌
아온 것이 아니다. 물은 물이고 산은 산이지만 깨달은 이의 눈
으로 보는 산과 물이다. 즉 선의 궁극적 목적은 깨달음이 아니
라 중생제도에 있다는 뜻이니 염화시중의 미소가 왜 찬탄되는
지 알겠다. 제자리로 돌아오는 일원상의 회귀원리. 만일 영화
로 펼쳐진다면 이처럼 아름답고 큰 가르침을 드라마틱하게 보
여줄 수 있을까.

전법게傳法偈 · 시법시示法詩

　　"부처님이 영산회상에서 수많은 대중이 운집한 가운데 연
꽃을 들어보였다. 이때 대중들은 모두 조용하였고 오직 가섭
존자만이 미소를 지었다. 부처님이 말씀하시길 '나에게 정법
안장正法眼藏 열반묘심涅槃妙心 실상무상實相無相의 미묘한 법문이 있
으니 불입문자 교외별전을 모두 마하가섭에게 부촉하노라' 하
셨다."

　　'염화시중의 미소'로 일컬어지는 이 유명한 일화는 부처님
이 무상대도를 성취한 이래 전법과 교화를 펼치시기 40여년.
교단이 바로 정립되고 출 재가를 망라한 제자들이 수 만 명에

이르렀다. 부처님의 법등을 잇기 위한 제자들 간의 보이지 않는 경쟁과 갈등도 내재돼 있었다. 이러한 때 부처님은 마하가섭에게 법을 부촉, 불일증휘佛日增輝를 당부했다. 아울러 부처님은 가섭존자에게 "법이라 하는 본래 법은 없는 것이요 / 없는 법이란 법 또한 법이라 / 이제 없는 법을 부촉하는데 / 법이 어찌 일찍인 법인가法本法無法 無法法亦法 今付無法時 法法何曾法"이란 전법게를 내렸다고 한다.

마하가섭이 부처님의 법을 이은 후 면면히 법통이 계승돼 중국선의 초조가 되는 달마대사가

제28조다. 중국불교 역시 부처님과 같이 자기의 후계자를 지명하고 그에게 따로이 전법게를 내리는 전통을 확립하는 바이 전법게는 선시의 분류 가운데 시법시示法詩에 해당한다 할 수 있다.

선시가 태어나게 되는 배경은 여러 가지로 분석된다. 그 가운데 선승들의 오도적 체험이나 증도의 과정, 그리고 법열적 경지나 선적인 생활을 시 형태에 담아내는데 그들이 바로 오도시고 개오시며 산거시고 선리시다. 또한 마지막 세상을 떠나면서까지 남기는 게송이 임종게나 열반시에 해당한다. 뿐만 아니라 사찰에 있어서 대소의식이나 제자들과의 법거량의 한 방편으로도 곧잘 선시가 등장한다. 이 가운데 자신의 법맥을

전수할 제자에게 게송을 남기는데 이것이 곧 전법게다. 전법게는 선시의 한 부류를 이루며 나름대로 독특한 특징과 장르를 형성하고 있는 것으로 시법시로 분류되고 있다. 불교문학의 태동이 경율론 3장에 기인한 12분교의 각종 양식인 경에서 비롯되고 있다는 것은 상식이다. 특히 훗날 불교문학의 표현들이 응송 풍송 본생 본사에 뿌리를 두고 있듯 전법게도 선시의 한 부류로서 뛰어난 선지를 함축하고 있는 것이다.

특히 전법게는 문학에 있어서 매우 중요한 의미로 간주되는 언어와 상상력의 관계를 여실히 수반하고 있다는 점에서 선시로서의 무게를 아울러 갖게 된다. 당시 시대적 상황, 그리고 교단과 법맥의 흐름 등을 고려하지 않을 수 없는 점에 기인해 전법게는 역사적 가치도 함께 지닌다 할 수 있다. 그러면서도 형식에 얽매이지 않는 가장 자유로운 시형태를 보여주고 있다. 하지만 그 내용에 담긴 선리와 고도로 농축된 메시지를 통해 심인心印을 전하고 있는 특성 때문에 전법게는 '시법시示法詩'로서 매우 특별한 매력을 풍긴다. 이러한 점에서 전법게는 선시를 더욱 발전시킨 한 촉매요인이라 할 수 있다. 물론 문학적 상상력과 그 가치는 여타의 선시에 비해 떨어지고 있음은 부정할 수 없다.

5조 홍인의 전법게

사랑으로 씨를 뿌리니

사랑을 받을 땅이 있어 과실이 난다

사랑이 없으면 씨 또한 없어

불성도 태어남도 없으리라.

有性來下種　因地果還生

無情亦無種　無性也無生

이 게송은 제5조 홍인대사가 6조 혜능대사에게 내린 전법게
다. 스승 도신이 홍인에게 내린 전법게도 이와 비슷하다. "꽃
의 종자에 생의 성性이 있고 땅을 인하여 꽃은 생생한다" 라는
전법게와 함께 달마 이래 전해 내려오는 전법의 의발을 홍인
에게 주었다. 이 전법게 또한 3조 승찬이 도신에게 준 전법게
"꽃씨는 땅을 인하고 땅을 의지하여 꽃을 피운다 하나 만일
사람이 씨를 심지 아니하면 꽃씨는 다하여 생이 없다"와 궤를
같이 한다. 이들 전법게에서 강조되고 있는 것은 인과의 관계
다. 그렇지만 인과의 관계가 아무리 분명해도 그것을 맺는 인
연, 즉 씨를 뿌리는 행위가 없으면 아무런 결과도 생기지 않는

다는 점이다. 도신이 홍인에게 준 전법게도 이 같은 부촉을 하고 있다. 홍인의 명성은 도신의 전법이 있고 나서 하늘을 찌를 듯 높아졌다. <조당집>은 당시 7백 여 명의 대중이 홍인 문하에서 수행했다고 전하고 있다. 거기엔 신수라는 거물급 법기法器도 자리하고 있었다. 그러나 홍인은 방앗간지기에 불과했고 더군다나 머리를 기르고 있던 속인 신분의 혜능에게 이 게송과 함께 의발을 전수했다. 혜능이 절구질을 하며 순금의 제련과정처럼 자신을 철저히 다져온 인고의 세월을 전법게는 그 내용처럼 인과의 이치를 일깨우고 있다고 볼 수 있다.

혜능은 이 전법게를 시점으로 남쪽을 향해 야반도주했다. 이후 이 사건들에 대한 후대의 해석은 분분하다.

마조도일의 전법게

마음 밖에 본래 법이 없음이라

부촉함이 있다면 마음 법이 아닐지니

이미 알지어다 마음 법이 아님을

이와 같은 마음법을 부촉하노라.

心外本無法 有付非心法

旣知非法心 如是付心法

　마조도일馬祖道- 709~788대사가 선림청규를 제정한 것으로 유
명한 백장회해百丈懷海 720~814선사에게 내린 전법게다. 심인心印을
전하고 있는 이 게송은 부처님이 가섭에게 주었다는 전법게와
흡사한 부분이 많다. 하지만 '마음이 곧 부처'라는 즉심즉불卽心
卽佛의 마조 특유의 선리가 배어있음을 어렵지 않게 감지할 수
있다. 물론 마음이 부처라는 말은 마조의 창작은 아니다. 그렇
지만 흔히 마음이 부처라고 할 때 마음을 '자성청정심'으로 보
는 경우가 허다했다. 이러한 마조의 가르침에 문을 열고 들어
온 문하생이 백장 대매 등 139명에 이르렀고 입실제자만 해도
84명이나 되었다. 마조로부터 일상적인 생활에서 선을 구가하
는 선풍이 발현되었다는 것이 일반적인 해석이다. 그것이 즉
심즉불이며 평상심이라는 것이다.

　전법게를 전해받은 백장선사는 당시 마조의 우레 같은 할로
사흘 동안 귀가 멀었다고 한다. 백장에 남아있던 깨달음의 체
취마저 일소해버린 마조의 일할이 얼마나 높고 귀하게 평가되
었는지 보여주는 대목이다. 전법게를 음미하면 역시 마조다운

선풍이 깊게 배어있음을 어렵지 않게 느낄 수 있다.

백장회해의 전법게

본래 말과 말로 부촉할 수 없음을

강제로 마음법을 전하는 체 하는 것은

네가 이미 법을 받아 가져갔으니

마음 법을 다시 어찌 말하랴.

本無言語囑 强以心法傳

汝旣受持法 心法更何言

백장회해선사의 전법게다. 그의 문하엔 황벽희운, 위산영우, 대자환중, 백장열반 등 기라성 같은 선사들이 운집해 큰 회상을 이루고 있었다. 그는 평소 제자들에게 심해탈心解脫을 얻을 것을 강조했다. 그가 말하는 심해탈이란 이렇게 설명된다.

"부처를 구하지 않으며, 지해知解를 구하지 않으며, 지옥을 두려워 하지도 않고, 천당을 사랑하지 않으며, 일체법에 거리낌이 없어야 비로소 해탈무애라 하나니 곧 심신 및 일체가 다

해탈이라 이름한다. 그대들은 소분少分의 계가 선으로 해탈이 된다고 하지 말라. 항하사 무루의 계정혜문이 있더라도 해탈 은 아니다."

그의 이러한 법문은 '대승돈오'의 입장을 밝힌 것으로 설명 된다. 즉 백장선사는 특정 경계에 구애되거나 얽매임 없이 더 더욱 높은 경지를 제자들에게 보여주었다고 분석되고 있는 것 이다. 이로써 백장의 '마음법'을 얻은 제자가 수십 여 인에 이 른다고 기록은 전하고 있다. 전법게는 그러나 백장 이후로 간 헐적으로 눈에 띨 뿐 면면히 이어오지 않고 있어 아쉬움을 던 져주고 있다.

전법게

깨달음을 대체大體로 삼는 선불교. 한국불교에 있어서 선불교는 무아의 깨달음과 해탈사상을 강력 어필하며 민족의 역사와 함께 했다. 특히 민족정신을 선양하는데 지대한 영향을 미치고 있는 선불교는 1600여년을 이어오며 오늘의 조계종에 이르기까지 우수한 불교예술과 학문적 성과를 낳았다. 그 가운데서도 무수히 많은 고승대덕을 배출함으로써 당대의 사상과 학문 문화 예술을 주도했던 것은 가장 큰 수확으로 꼽을 수 있다.

인물이 인물을 낳는 현장에는 역시 선불교 특유의 전법게도 함께 했음은 물론이다. 한국선불교에 있어서 전법게는 시적 가치와 선리적 묘미가 한층 격조를 더하면서 이어져 내려오는 특색을 보여준다.

중국 역대 조사들의 전법게가 애초 부처님이 마하가섭에게 전했다는 '전법게'의 내용과 형식을 충실히 따르려 했다면 한국불교에서는 이를 탈피하고 저마다 독특한 전법게를 전했다는 특징이 엿보인다. 그것은 나말여초 구산선문의 개산이래 고려의 보조지눌과 임제종 양기파의 간화선을 도입한 태고보우, 그리고 조선의 청허휴정으로 이어지는 사상적 전승과정에서 보여지는 전법게에 여실히 나타난다.

물론 한국 선불교의 맥은 중국에 닿아있다. 최초 한국선불교를 신라 28대 진덕왕 4년650 법랑法朗선사가 입당入唐해 중국불교 제 4조 도신의 선법을 전해 온 것을 시원으로 삼고 있듯이 중국불교와는 밀접한 관계를 맺고 있다. 또한 나말여초 구산선문의 성립과 전개가 중국의 서당지장과 남전보원등의 법을 잇고 있는 입당 선승들에 의해서 주도된 것도 이를 잘 말해준다.

신라 선불교가 법맥을 전하는데 다른 나라에서는 찾아 볼 수 없는 '진귀조사설眞歸祖師說'은 사교입선捨敎入禪의 전통을 세우는 토대가 된다. '진귀조사설'이란 부처님이 6년 고행 끝에 깨달았으나 그 법이 아직 미진함을 알고 법을 찾아 여러 달을 여행하다가 마침내 진귀조사를 방문해 비로소 궁극적인 진리를 전해 받았으니 이것이 교외별전의 원천이라는 것이다. 부처님이 진귀조사에게 전해받은 교외별전은 '현극지지玄極之旨'라고 한다. 이 '진귀조사설'은 고려 진정국사 천책이 편찬한 『선문보장록禪門寶藏錄』과 조선시대 청허휴정의 『선교석禪敎釋』에 수록돼 있다.

이 같은 연원을 토대로 한국선불교도 사자전승의 법맥이 간단없이 이어져왔고 그 과정에서 빼어난 선시적 가치가 돋보이는 전법게도 적지 않게 전해져 내려온다. 우선 고려초 한국불교의 양대산맥을 점하고 있는 보조국사 지눌과 태고보우선사의 전법게를 살펴보자.

보조국사의 전법게

물결이 어지러우면 달이 나타나기 어렵고
집이 깊숙하매 등불이 오히려 밝더라
그대에게 마음 그릇을 정하도록 권함은

감로장을 쏟지 않게 하렴이라.

波亂月難顯 室深燈更光

勸君整心器 勿傾甘露漿

보조국사普照國師 1158~1210가 송광산 길상사에서 금강경 육조단경 및 화엄론을 가르칠 때 원묘국사圓妙國師 1163~1245에게 이 전법게를 장연사에서 전했다고 한다. 전법게의 첫 구 '물결이 어지러우면 달이 나타나기 어렵다'는 표현은 당시 무신란 이후 혼란한 사회상과 도심에 나가있는 불교계의 타락을 지적한 것이다. 보조국사는 요세了世 당시 원묘국사의 법호가 큰 법기임을 알고 함께 수선결사修禪結社에 동참할 것을 권했고 요세로 하여금 함께 수선에 참여하면서 생애의 가장 큰 사상적 전환기를 이루게 한다.

실제로 나라가 어지럽고 교계의 타락이 정도를 더할 때 수선의 결과는 어떠했는가. 전법게 2구 '집이 깊숙하매 등불이 오히려 밝더라' 처럼 보조의 명성은 날이 갈수록 치솟았다. 실제로 산사의 청규가 세속에선 신망이 되고 의지처가 되는 법이다. 그리하여 보조가 개창한 수선사와 요세가 중심이 된 백련사는 타락의 양상이 심화돼 갔던 고려불교를 혁신하는 중추

역할을 하게 된다. 불교계 내부의 자각 반성운동으로서 이 둘에 의해 전개된 신앙결사운동 덕택이다. '감로장을 쏟지 않게 하기 위해' 둘의 호법의지는 이 전법게로 맞아 떨어졌다. 수심修心을 강조하는 보조의 결연한 의지가 전법게에 그대로 투영되고 있는 점도 눈길을 끈다.

태고보우의 전법게

마음 가운데 자성심이 있도다
법 가운데 지극한 법이 있도다
내 이제 가히 부촉하노니
마음 법은 법이 아니니라.
心中有自心 法中有至法
我今可咐囑 心法無心法

태고보우太古普愚 1301~1382가 환암혼수幻庵混修 1320~1392에게 내린 전법게다. 태고 역시 경전공부의 한계를 느끼고 사교입선적인 입장을 고수했다. 그는 조주종심의 '무'자 화두를 참구했는데 이에 만족치 않고 1,700공안을 두루 참구, 점차 깨달음의 단계를 높여 갔던 인물이다. 소요산 백운암, 삼각산 중흥사의 태고암 등지에 머물면서 그때 그때의 심경을 시가로 읊었는 바 그것들이 바로 어록에 전하는 <백운암가>와 <태고암가>등이다. 이들을 음미해보면 그의 시적 능력이 얼마나 탁월한지 금방 알 수 있다.

이 전법게 역시 중국 조사들의 전법게를 따르는 듯 보이나 자세히 들여다 보면 그의 시적 비범함과 수행 정도가 어디에까지 이르고 있는지 여실하게 보여준다. 마조도일선사는 그의 전법게에서 '마음 법'을 부촉한다 했다. 회해선사 역시 '마음법을 어찌 말하랴'로 '심법'의 묘의를 강조하고 있다. 그러나 태고보우는 '마음법은 법이 아니라'고 말한다. 그가 참구한 무자화두야 말로 지해知解나 사량분별을 용납하지 않는 간화선의 출신활로出身活路였으며 이를 통해 최고의 경지를 체득했다. 그는 '마음법'마저 받아들이지 않는 '현극지지'를 달관하고 있던 터였으리라. 때문에 마음법 마저 거부하는 지극한 도리를 환암에게 전하고 있다.

소요태능의 전법게

다음은 서산대사의 큰 제자이자 선기 넘치는 시로 명성을
날린 소요태능逍遙太能 1562~1649이 해운선사에게 내린 전법게다.
다른 이들의 전법게와는 사뭇 다른 분위기를 풍겨주고 있다.

>
> 폭죽에 별이 날아감은 기틀의 칼날이 드높음이요
>
> 바위가 벌어지고 절벽이 허물어짐은 기상의 높음이로다
>
> 사람을 대하여 살리고 죽임은 왕검과 같으니
>
> 표연한 위풍은 오호에 가득하구나.
>
> 飛星爆竹機鋒峻 裂石崩崖氣像高
>
> 對人殺活如王劍 漂漂威風滿五湖

소요는 해운스님에게 이 전법게를 내리고 선풍진작을 당부
했다. 소요의 선시에 대한 평은 이렇다.

"대사의 시가 2백여 편인데 맑고 흰하고 담박한 것이 마치
허공을 지나는 구름 같으며, 달이 냇물에 비친 것 같다. 적절
한 언어와 절묘한 비유가 빛이나 모양의 저쪽을 뛰어넘었으니
대저 깨달음에 가까운 분이다."

실제로 소요의 시는 적절한 언어와 절묘한 비유로 빛난다. 전법게 역시 선사가 법맥을 계승하기 위해 내리는 언어로 적절하고 비유가 절묘하다. 그의 2백여 선시는 모두 한결같이 선사로서의 본가종지의 위품과 자세에서 벗어나지 않는다. 제자에게 내린 전법게의 말미처럼 '표연한 위풍' 그대로다.

이러한 전법게는 소요의 선기마저 초극하고 있는 후대의 경허선사에게 나타난다. 만공 스님에게 전한 그의 전법게도 선기의 대가풍을 이루고 있다고 볼 수 있다.

경허성우의 전법게

구름 달 계곡과 산이 도처에 같으니

일대를 이룬 선자의 대가풍이로다

은근히 글자 없는 심인을 분부하노니

한 조각 선기와 힘이 눈 속에 살아있다.

雲月溪山處處同 搜山禪子大家風

慇懃分付無文印 一段機權活眼中

경허성우鏡虛惺牛 1849~1912선사가 만공스님에게 내린 전법게다. 경허는 이 전법게를 주면서 이미 만공스님이 깨달음을 이루었음을 직시하고 있었다. 그러므로 깨달은 이에게 구름과 달, 계곡과 산 등 자연이란 합일의 경지다. '선자의 대가풍'이란 만공의 법기를 은유적으로 상징하는 말로 받아들여진다. 경허선사는 걸림없는 무애행으로 당시에도 이름을 날리고 있었다. 깨달은 이의 행리를 여실히 보여준 경허의 영향을 만공이 가까이서 입었다. 그러니 만공 역시 그의 행리에 있어서 무애자재한 경지를 구축하고 있었다. 경허를 일러 그릇으로 담아낼 수 없고 무게 역시 측량할 수 없는 대 선지식이라고 할 때 그의 전법게에서 짜릿함을 느끼는 것은 일반적 상식으로 해량할 수 없는 선적 기운이 물씬 배어있기 때문일 것이다.

오도송에 나타난 네 가지 특징

1. 들어가는 말

"선의 핵심은 깨달음에 있다. 시의 핵심 역시 깨달음에 있다. 오직 깨달음을 통해서만 진정한 자기 자신일 수 있고 자신만의 목소리를 낼 수 있다."

직관파 시론가의 대표적 인물로 꼽히는 엄우창랑嚴羽滄浪의 묘오론妙悟論이다. 엄우는 시를 지나치게 선적으로 해석했다는 비판을 받기도 했지만 선시의 백미는 역시 깨달음을 전하는 오도송에 있다 할 때 엄우의 이 말은 공감의 폭을 넓힌다.

> "깨달음의 경지를 표현한 게송들은 (…중략…) 세속 시인
> 들의 음풍농월이나 아무런 아픔도 없이 괜스레 신음하
> 는, 진술하지 못한 작품과 견주어 볼 때 큰 차이점을 가
> 지고 있다. 만일 타고르가 이와 같은 게송을 읽었다면,
> 그로서는 미칠 수 없는 뛰어난 경지와 감각에 대해 자신
> 도 모르게 부끄러움을 느꼈을 것이다."[1]

선시에 대한 정의와 해석은 그간 관련학자들에 의해 적지
않게 내려졌다. 그 가운데 오도송悟道頌에 접근하고 감상하는 데
있어서 엄우와 두씨의 이같은 말처럼 함축적으로 표현된 예는
드물다. 실제로 선종의 특색이 불립문자不立文字 언어도단言語道斷
에 있었던 만큼 선시도 이 영향을 받지 않을 수는 없었다. 따
라서 어떠한 형태의 선시든 엄우가 말한 "이로理路에 관계되지
않고 언전言詮에 떨어지지 않는 것不涉理路 不落言詮"을 최상의 경지
로 삼는 게 관행이 됐다.

---

1 杜松柏, 박완식·손대갑 옮김, 『선과 시』, 민족사, 2000, 4면.

물론 이 말 자체도 선시의 지위를 낮게 평가했다는 비난에 직면하기도 했지만 '언어의 설명적인 기능을 최대한 억제시킨 비언어적인 언어'로서의 시를 만들어내는 데 선시가 크게 기여했음은 부인할 수 없다. 선시는 선사상을 바탕으로 하여 이루어진 오도적 체험을 시화詩化한 종교적 시를 말한다.[2] 특히 오도송은 이러한 정의와 부합된다고 할 때 선시의 출현과 밀접한 관계에 놓이게 됨을 엿볼 수 있다.

앞서 말했듯 불립문자를 표방하는 선종이지만 깨달음을 표현하거나 제3자에게 전달하려면 그것이 언어가 됐든 몸짓이됐든 어떠한 표현방식을 빌어와야 했다. 임제의현 선사가 제자들의 물음에 큰 소리로 깨침을 전한 것이나臨濟喝, 덕산 선사가 몽둥이를 쓴 것德山棒 등이 그 실례다. 하지만 깨침을 전하는 데 있어서 그 섬세함마저 괴벽에 의존할 수는 없다. 자칫 본질이 감춰지고 오히려 깨달음이 관념의 유희에 빠져버릴 수 있기 때문이다. 시는 이런 연유로 깨달음을 전하는 아주 적합한 방법이었다.[3]

---

2 김정휴, 「역대조사의 선시에 나타난 동일한 이미지 분석」, 『불교신문』 1693호, 10면.

그러면 선사들의 오도송은 어떠한 방식으로 표현되고 있는
가. 오도송은 저마다 깊은 선리禪理를 드러내고 있다는 공통점
을 보여준다. 대표적인 오도송으로는 역시 영가현각永嘉玄覺 : 675?
~713의 『증도가』다. 깨달음의 충만과 희열을 참지 못해 하룻밤
만에 완성했다고 전해지는 『증도가』는 각 장면마다 깨침을 열
기 위한 선지禪旨가 그윽하다. 이후 전해지는 오도송들도 저마
다 독특한 현지玄旨를 함축하고 있다. 물론 이것은 선시로서 갖
는 공통점에 불과하다.

선리와 선지의 함축은 선시가 갖는 공통적 특질이기 때문이
다. 오도송만이 갖는 공통점은 대략 네 가지로 요약된다.

첫째 선사들의 깨침은 한결같이 돈오적頓悟的 입장을 고수하
고 있다는 점이다. 단박에 깨침을 열면서도 미진함을 남겨두
지 않는다. 이같은 선사들의 깨침은 그대로 오도송에 투영되
고 있다.

---

3 석지현 엮음, 『선시감상사전』, 민족사, 1997, 62면.

둘째로 그들의 깨침은 자연과의 합일에서 온다는 점이다. 깨침이 특정한 자연물로 인해 취득되고 나아가 그 깨침은 자연, 온 우주와 합일되면서 상즉불리相卽不離의 관계로 확대 발전한다. 비록 자연물을 매개로 하지 않고 깨침을 전하는 오도송이라 하더라도 법계法界, 곧 우주와 하나가 되는 경지는 같다.

셋째는 이미지image의 사용기법이 비슷하다. 문학적 용어로 좀더 세밀하게 표현하면 이미저리imagery다. 신체적 자각이나 기억, 상상, 꿈, 열병 등에 의하여 마음속에 생산된 것이 이미지고 언어에 의하여 마음속에 생산된 경우 이미저리가 된다. 또한 시가 여러 개의 이미지로 구성돼 있듯 이미저리는 한 개의 이미지가 아니라 이미지군群을 가리킬 때 사용된다. 요약해서 말하면 '언어에 의해 마음속에 생산된 이미지군'이 이미저리다. 그러나 실제로 이 두 용어는 혼용되고 있다.[4] 대부분의 선사들은 자연물에서 혹은 심상에서 깨침을 얻는 이미지를 비슷하게 인용해 사용하고 있다.

---

4 김준오, 『시론』, 문장, 1984, 106면.

넷째는 그들의 오도적 체험이 단순하게 어떠한 논리나 철학에서 연유되는 것이 아니고 철저히 몸으로 부딪친 수행에서 비롯되고 있다는 점이다. 때문에 그들의 오도송은 육화肉化의 향기가 물씬 배어 있음을 어렵지 않게 감지하게 된다.

오도송에 나타나고 있는 이러한 네 가지 특징은 여타의 선시와는 다른 격조와 품위를 맛보게 한다. 이들 특징을 차례차례 구체적으로 살펴보기에 앞서 먼저 오도송의 대표격이라 할 수 있는 영가의 『증도가』를 먼저 감상해보자. 『증도가』는 무엇보다 돈오의 입장을 고수하고 있는 대표적인 선시이기도 하기 때문이다. 나아가 깨달은 이는 어떠한 사람인지도 이를 살펴보면 알 수 있다. 단 이 글에서의 선시의 해석은 석지현의 『선시감상사전』과 이원섭의 『선시』를 참조했음을 밝혀둔다.

2. 대표적인 오도송 『증도가』

그대여 보지 못했는가

더 이상 배울 게 없어 한가로운 이 사람은

번뇌를 거부하지도 않고 불멸을 갈구하지도 않나니
번뇌는 불성이요, 덧없는 이 육신이 그대로 불멸의 몸
인 것을.

君不見 絶學無爲閑道人 不除妄想不求眞 無明實性
卽佛性 幻化空身卽法身

　때는 서기 705년. 중국선종사의 신화 같은 인물로 당대 선
객들의 추앙을 한몸에 받고 있던 육조혜능이 조계산에서 상당
법문을 하고 있었다. 단하엔 수많은 운수납자가 운집해 조용
히 대선사의 사자후에 귀기울였다. 조계산 넓은 자락에 혜능
의 육성법음만이 고요한 적막을 깨뜨리고 있는데 한 사문이
갑자기 나타나 절도 하지 않고 법상을 세 번 돌고는 석장錫杖을
짚고 선사 앞에 우뚝 섰다.

　"대저 사문은 삼천위의와 팔만세행을 갖춰 행동이 어긋남
이 없어야 하거늘 대덕은 어디에서 왔기에 도도히 아만을 부
리는가?"
　혜능의 준엄한 나무람이 내려졌다. 그러자 사문이 대답했다.

"나고 죽는 일이 크고 무상이 빠릅니다."

"어찌하여 남生이 없음을 체험해 빠름이 없는 도리를 요달하지 못하는가?"

"체험하면 남이 없고 터득하면 본래 빠름이 없습니다."

혜능이 말한다.

"그렇다. 네 말과 같다." 하고 인가하니 대중들이 모두 깜짝 놀랐다. 그때에야 사문이 비로소 위의를 갖추고 혜능 선사에게 정중히 예배했다.[5]

이 사문이 바로 영가현각이다. 그는 '일숙각一宿覺'으로도 불렸는데 스승 혜능과의 남다른 만남에 기인한다. 혜능을 일상견一相見한 영가가 스승에게 하직인사를 드리자 법거량을 하면서 하룻밤만 묵고 가도록 한 데서 별칭이 주어진 것이다. 즉 영가는 '일상견 일숙'으로 육조혜능의 법통을 이어받았다. 그런 영가가 육조의 득법 이후 확철대오한 경계를 읊은 것이 오도의 경지가 잘 드러나 있는 <증도가>다. 물론 『증도가』가 영가현각의 저술인가 하는 데 대해서는 학계의 이견이 많다.

---

5 전해주, 『선사신론』, 불교신문사 편, 우리출판사, 1989, 77면.

이 문제를 최초로 제기한 이는 1927년 중국의 호적胡適 박사다. 최근 연세대 신규탁 교수도 『불조통기』・『영가집』 등의 내용과 비교하면서 『증도가』는 혜능의 선사상을 선양하기 위한 작품이지, 영가의 저술은 아니라고 주장하고 있다. 하지만 선학계가 아직까지는 영가의 진작眞作이라는 쪽에 기울고 있고 이에 대한 문헌학적 고증이 완전히 끝난 것은 아니기 때문에 일단 영가의 작으로 보고 『증도가』를 살펴보기로 한다.

『증도가』는 전부 1천8백58자 2백67구로 구성돼 있는 전형적인 당시조 형식의 고시古詩다. 고시이기 때문에 전부가 7자구가 아니고 6자구도 51구나 섞여 있다. 6자구가 먼저 나오고 그 뒤에 7자구가 세 번 연결되므로 6.7.7.7의 형식을 취하고 있다. 『증도가』의 '증'은 구경각인 증오證悟를 말하는 것이니 증오로써 근본을 삼고 있음을 표명하고 있다.

즉 선가에서 '깨쳤다'함은 바로 증오를 나타낸 것이다. 증오의 기쁨은 얼마나 큰 것일까. 『증도가』는 영가가 깨달음의 희열을 노래한 장편시로서 깨달음의 기쁨을 참지 못하고 단 하룻밤 만에 완성했다고 전해지는 작품이다. 깨달은 사람, 즉 증오한 자는 어떠한 사람인가.

『증도가』는 첫 구절에 깨달은 이를 '모든 것을 다 배워서 더 배울 것이 없고 더 닦을 것이 없는', 그래서 아무런 할 일이 없는 한가한 이絶學無爲閒道人로 묘사하고 있다. 따라서 '하릴없는 이'란 도가적 목가풍 분위기와는 상반된다. 깨달은 사람에게는 번뇌와 깨달음이 둘이 아니고 순간과 영원이 분별되는 그런 것도 아니다. 그래서 망상과 참됨도 굳이 버리거나 추구할 不除妄想不求眞 필요가 없다.

영가가 말하는 '한도인'에게 나타나는 경계는 "강에 달 비치고 소나무에 바람 부니 긴긴 밤 밝은 하늘 무슨 하릴 있을 건가."로 나타난다. 이러한 경계의 깨달은 이에게는 불성계주가 곧 마음이요, 이슬과 구름 안개가 옷이 된다佛性戒珠心地印 霧露雲霞體上衣. 『증도가』에 나타나는 사상 중 가장 눈길을 끌었고 훗날 선객들에게 애송되었던 배경은 무엇보다 '돈오'에 있다. 다음의 글을 눈여겨 보자.

오르다 오르다 힘빠지면 화살은 떨어지나니다
음 생에는 내 뜻 같지 않음만 불러오네
하염없는 이 실상문에서 여래의 경지로

단박 들어감과 어찌 같으리.

勢力盡箭還墜 招得來生不如意

爭似無爲實相門 一超直入如來地

　'일초직입여래지'는 선문의 관용구처럼 쓰이게 되는데 돈오
적 사상이 얼마나 크게 확대되었는지를 잘 말해주는 대목이
다. 오늘날도 출재가를 막론하고 많은 이들이 베풂을 즐겨한
다. 남에게 어떤 물건이나 즐거움 등을 베풀고 천상에 태어나
복의 극치를 누리기를 바란다.

　이를 영가는 화살에 비유하고 있다. 아무리 힘센 화살도 그
힘이 다하면 꺾여져 땅에 떨어지게 마련이다. 주상보시든 무
주상보시든 베풂의 단계는 화살에 지나지 않는다. 물론 베풂
의 즐거움과 복덕이 작지만은 않다. 하지만 그것이 아무리 즐
겁고 그 복덕이 기대 이상이라 할지라도 깨달음을 이루는 것
에 비교되지는 않는다.

　더군다나 '일초직입여래지'로서 돈오를 주장하는 입장은 영
가에게 있어서 '무생無生'과 연결된다. 즉 '몰록 깨쳐 남이 없음

을 요달하고^{頓悟了無生}'부터는 모든 영욕에 기뻐하거나 근심하는 법이 없다. 창칼을 만나도 언제나 태연하고 독약을 마셔도 한가롭고 한가로운 자태다.

이처럼 영가에게 있어서 돈오는 증오인 동시에 무생이다. 처음에 영가는 천태지관을 닦았다. 주지하다시피 천태의 지관이란 선에서 말하는 돈오적 방법과는 큰 차이가 있는 수행법이다. 또한 당시 상황이 혜능의 돈오선과 신수의 점수선이 크게 대립하고 있는 터에 영가가 천태의 지관을 닦아 높은 경지에 이르렀으면서도 그것을 버리고 혜능을 찾아가 돈오의 인가를 받았다는 것은 선종사의 한 흐름의 변화를 가져온 대목이다. 『증도가』 끝에 나오는 다음의 시는 이러한 영가의 사상과 정신을 적나라하게 펼쳐 보여준다.

차가운 햇빛이여, 달빛 쨍쨍 무더위여
악마의 무리도 이 말만은 못 꺾나니
코끼리 등에 높이 앉아 여유롭게 가나니
버마재비 저따위가 어찌 길을 막겠는가
코끼리는 토끼 다니는 샛길을 가지 않고

큰 깨달음은 작은 형식에 구애받지 않네

그대 그 비좁은 소견으로 함부로 비난하지 말지니

깨닫지 못한 그대 위하여 내 이제껏 지껄였네.

깨달음을 얻게 되면 모든 것은 순리에 따른다. 결코 형식이나 절차에 구애받지 않는다. 물이 흐르듯 여유롭고 거침없으며 막힘 없는 경계, 그것이 깨달은 이의 모습이다. 코끼리가 토끼 다니는 샛길을 가지 않듯 큰 깨달음은 작은 절개 또는 형식에 구속되지 않는다. 돈오적 닦음과 깨달음의 대미를 장식하는 말이다. 한 생각만 뛰어넘으면 그대로 들어가는 돈오적 방법, 깨달음의 노래 『증도가』는 마지막으로 '깨닫지 못한 이들의 깨달음을 당부'하는 것으로 끝을 맺고 있다.

영가 선사가 오도 후 학인 제접과 교화에 매진한 기간은 8년으로 너무 짧아 큰 아쉬움을 던져준다. 그러나 『증도가』는 불후에 빛나는 명언집으로 선가에 널리 애송되었다. 조선시대 함허득통은 『영가집』 서설에서 '멀리 가고 높이 초월함을 스님께 배웠으니 가고 오는 모든 행동에도 반드시 규범이 있다.'고 적고 있고, 얼마 전 '살아있는 부처'로 세간의 존경을 받았던 성철 선사도 "이 글을 읽고 캄캄한 밤중에 횃불을 만난 것 같았다."며 『증도가』를 『신심명』과 함께 생활의 등대로 여기고 있음을 밝힌 것을 보면 한국선에 미친 『증도가』의 영향을 짐작할 수 있다. 이후의 오도송은 『증도가』와 마찬가지의 돈오적 방법과 동일한 이미지의 표현방식을 도입하고 있다.

3. 특징별 분류 및 감상

1) 돈오적 입장

선시는 문학 일반의 정서와 상상을 거스른다. 상식을 파괴하고 논리를 초월한다.

문학적 안목으로 오도송을 이해하기란 그래서 쉽지 않다. 분명한 건 깨침은 평화로운 분위기 속에서도 언제 터질지 모르는 시한폭탄처럼 장전돼 있다가 나온다는 것이다. 그래서 오도송은 선시일여禪詩一如를 그대로 투영한다.

지극히 압축된 언어와 비약적이고 비유적이며 고도로 상징화된 언어를 사용한다는 점에서는 다른 선시와 다를 바 없다. 그러나 오도적 체험, 법열적 경지는 분명히 직관적 돈오의 입장을 취하고 있다는 점에서 큰 특징을 보이고 있다. 향엄지한 香嚴智閑 : ?~898의 오도송은 그 대표적인 예다.

> 한 번의 딱소리에 알려던 것 다 잊으니
>
> 수행의 힘 빌릴 일이 아니었도다
>
> 안색 움직여서도 고도를 선양하여
>
> 끝내 실의에는 아니 떨어지나니
>
> 가는 곳 어디에건 자취는 없어
>
> 성색의 그밖에서 이뤄지는 행위로다
>
> 그러기에 온갖 곳 도인들 나타나서
>
> 모두 다 이르데나 최상의 근기라고
>
> 一擊忘所知 更不假修冶
>
> 動容揚古路 不墮?然機
>
> 處處無?迹 聲色外威儀
>
> 諸方達道者 咸言上上機

'일격一擊'은 돌멩이가 대나무에 부딪치는 소리를 말한다. 향엄은 그 소리를 듣고 깨달았다. 그래서 시제詩題가 '대에 부딪치는 소리'다. '딱'하는 소리는 향엄의 분별심이 끊어지는 순간이다.[6] 분별이 끊어진 상황을 무심이라 한다면 무심이 되는 순간 즉, '딱'하는 순간에 진여의 세계에 발을 들였다.

그는 "수행을 빌릴 일이 아니었다."는 말로 이전의 분별없는 구도심을 탓하고 있다. 그러면서도 완성된 수행의 경지가 어디에 있는가를 여실하게 시사해준다. 진여와 하나가 되는 깨달음은 대나무에 돌멩이가 부딪치는 '딱'하는 소리가 자취도 없이 사라지듯 털끝만큼의 미진함마저 남지 않는 무심에 있다. 때문에 "끝내는 실의에 아니 떨어지나니"로 이를 대변한다.

그것은 또한 '최상의 근기'로 연결된다. 최상이란 '상대적 최고'의 뜻이 아니라 재주·지식·능력 등 모든 분별심을 여읜 진여의 상태를 말한다. 이같은 돈오의 입장에서 깨달음을 전하고 있는 또 다른 선사가 당나라때의 영운지근靈雲志勤 : ?~820?

---

6 이원섭, 『선시』, 민족사, 1994, 43면.

이다. 그의 오도송을 보자.

삼십 년이나 칼을 찾은 나그네여
몇 번이나 잎이 지고 가지가 돋아났던가
그러나 복사꽃 한 번 본 뒤론
지금에 이르도록 다시 의혹 않나니.

향엄지한이 대나무에 돌멩이가 부딪치는 소리를 듣고 진여
의 세계에 들어갔다면 영운지근은 복사꽃을 보고 일격에 깨달
음을 얻었다. 복사꽃에서 무심을 본 것이다. 30년 구도의 허송
세월을 영운은 『여씨춘추』의 고사에서 인용하고 있다.

어느 사람이 배를 타고 가다 검을 강물에 빠뜨리고는 손칼
로 뱃전을 파서 훗날 이를 근거로 칼을 찾으려 했다는 몽매함
이 자신의 구도과정과 다를 바 없었다. 그 절망감에서 몸을 빼
문득 눈을 들어 본 것이 복사꽃이다. 한 번 봄-ㅌ으로써 다시
의혹의 덩어리가 남지 않는 개안을 얻게 된 것이다. 여기에서
복사꽃이란 무슨 특별한 복사꽃이 아니다. 영운도 무수히 봐
왔을 평범한 복사꽃에 지나지 않는다.

그런데 그런 복사꽃을 보고 크게 깨달았다니 그 내용은 무엇인가. 그는 분별심이 없는, 의심의 여지가 남아 있지 않은 경계일 터이다. 영운이 본 복사꽃은 다른 꽃과 나무와 하늘 등 온갖 현상이 하나인, 구별이 끊어진 복사꽃이었고 보는 주체와 대상도, 또 시간과 공간마저 뛰어넘은 본래면목을 보여주는 '깨침의 순간'으로 바로 진여 실상 그 자체였다. 영운은 향엄과 마찬가지로 '일견' '일격'으로 미진함이 터럭도 남지 않는 돈오의 세계를 열었다.

　　　　아예 타자에게 구하지 말지니

　　　　멀고 멀어 나하고 떨어지리라

　　　　나는 이제 홀로 가면서 어디서건 그와 만나나니

　　　　그는 이제 바로 나여도 나는 이제 그가 아니로다

　　　　응당 이러히 깨달아야 바야흐로 진여와 하나 되리라.

　　조동종을 창시한 동산양개洞山良价 : 807~869의 오도송이다. 먼저 그의 깨달음이 어떻게 이루어졌는지 배경부터 살펴보자. 동산은 일찍이 '무안이비설신의'라는 구절에 큰 의심을 냈다. 또한 효성이 지극했던 그로선 무정설법無情說法에 관한 참구를 계속하던 중 위산영우의 소개로 운암 선사를 만나게 된다.

동산은 스승에게 물었다. "스님이 돌아가신 후 어떤 사람이 스님의 초상화를 그려보라 요구한다면 어떻게 대답해야 하겠습니까?" 운암 선사의 진면목을 물으면 무어라 답해야 하느냐는 물음이었다. 다시 말해 도는 무엇이냐고 우회적으로 질문한 것이다. 이에 운암 선사가 말했다. "그 사람에게 말해주려무나. 오직 이것이 이것遠箇是이라고." '이것이 이것'이라니 동산은 결코 쉽지 않은 이 말을 듣고서 완전히 의심을 풀지 못했다. 그렇지만 이 말은 며칠을 두고 동산의 머리 속을 맴돌았다. 어느 날 그는 물을 건너다 문득 물에 비친 그림자를 보고 대오했다. 스승의 말뜻도 이해할 수 있었다.

우리의 육근이 없다는 것에 의심이 걸려 참구하다가 마침내 말로는 표현할 수 없고 생각으로 헤아릴 수도 없는 무정설법의 경지를 크게 깨우친 것이다. 그리하여 지은 것이 이 시다. 물을 건너다 지었다 하여 '과수게過水偈'라고도 일컬어진다. 그렇다면 '이것이 이것'이란 무엇인가. '아예 타자에게 구하지 말지니 멀고 멀어 나하고 떨어지리라'에서 밝히고 있는 것은 그가 제자들을 교화할 때 언급한 만리무촌초萬里無寸草와 직결된다. 동산이 만 리를 가도 풀 한 포기 없는 곳으로 가라고 제자들에게 법문했다고 하자 석상경제石霜慶諸 : 805~881 선사가 '문만 나서면 바로 풀'이라 했고 이에 동산이 그를 크게 칭찬했다고 한다.

'만리무촌초'는 사량분별이 완전히 끊어진 진공무상眞空無相의 경계로 나를 의식해 분별하면 진여와 나는 별개의 것이 되지만 내가 분별을 끊어 버릴 때에는 나 자신이 진여와 하나가 된다는 것이다. 이렇게 진여와 하나인 내가 곧 나의 본래면목이다. 본래면목을 찾았기 때문에 '그는 나여도 나는 그가 아니다'라는 종교적 체험의 소식을 전할 수 있다.

분별을 뛰어넘은 그 경계가 '이것이 이것'이며 진여의 세계인 것이다. 영운, 향엄, 동산은 이처럼 돈오의 확고한 입장에 서 있다. 다른 선사들의 오도송을 살펴봐도 돈오를 취하고 있는 자세에는 전혀 변함이 없다. 그런데 특기할 점은 그들의 돈오적 선시가 대부분 자연물과의 합일과 동일한 이미지 구성에 있다는 것이다. 그렇다고 그들의 깨달음이 모방되거나 복사된 것은 아니다.

2) 자연과의 합일

자연은 시인의 심상心象과 연결된다. 역대 선사들의 선시에서 보여지는 불교적 심상들은 그것이 얼마나 맑고 깊고 대담하며 높은 정신적 경지인지를 보여준다. 이들의 정신세계 자체는 논리적 설명을 초극해 있기 때문에 그 심상 자체가 발하는 빛은 직관적으로 감지해야 한다.

가령 마조도일 선사가 제자 대매大梅 선사의 경지를 시험한 이후 대중들에게 '매실이 아주 잘 익었다'는 말로 그를 인가한 것은 선종 특유의 표현법에 해당한다. 선사들의 오도송 역시 자연을 통해 깨친 이의 심상을 전하면서 궁극적으로는 자연과 합일되는 경지를 보여준다. 《학림옥로鶴林玉露》에 기재된 무명의 어떤 비구니의 오도송을 보면 그것이 극명하게 나타난다.

> 종일토록 봄을 찾아 헤맸건만
> 봄은 보지 못하고
> 짚신이 닳도록 산 위의 구름만 밟고 다녔네
> 뜰앞에 돌아와 웃음짓고 매화향기 맡으니

봄은 매화가지에 이미 무르익어 있던 것을.

盡日尋春不見春 芒鞋踏遍隴頭雲

歸來笑拈梅花臭 春在枝頭已十分

당대唐代에 살았던 이름모를 비구니의 오도송으로만 전해지고 있는 이 시의 내용은 깨달음을 찾아 헤매다 결국 매화향기를 맡는 순간 깨달음이 와 있음을 고백하고 있다. 내용이 영운지근 선사의 오도송과 너무 흡사하다. 다른 점이 있다면 이 오도송은 연연한 시정이 읽는 이의 가슴을 파고든다는 것이다.

자연의 정취와 시인의 심상이 한데 어우러져 마치 내가 깨달았는지 자연이 깨달았는지 착각을 일으키게 할 만큼 깨달음이 자연 속에 잘 농익어 있다. 특히 봄깨달음이 와 있음을 표현하고 있는 '이십분已十分'은 절묘하다. 이 오도송은 유엔평화센터 건립 조인식이 있던 지난해 4월 말 중국 길림성 행사장에서 세계 각국의 관계자들이 모인 가운데 성신여대 최민자 교수가 낭독해 화제가 되기도 했었다.

산자락 한마지기 노는 밭이여

두 손을 모으고 어르신께 묻나이다

몇 번이나 되팔았다 다시 사곤 했는지요

솔바람 댓잎소리 못내 그리워.

　임제종 문하 양기파의 3대 법손 오조법연五祖法演 : ?~1104의 오
도송이다. 그의 깨달음 역시 '댓잎'에 연결된다. 여기에서 '노
는 밭鬧田'은 우리의 본성을 의미한다. 우리는 온갖 현상과 환
상에 취해 본성을 저버리기 일쑤다. '몇 번이나 되팔았다 사
곤'하는 행위가 우리 범부들의 일상 행위다.

　법연 역시 의단을 해결하는 데 있어서 그것이 언어나 개념
으로 풀거나 파악될 수 있는 사안이 아님을 이 시를 통해 뚜렷
이 나타내고 있다. '솔바람 댓잎 소리'는 바로 우리 일상의 자
연이고 생활이지만 늘 우리가 그리워하고 돌아가야 할 고향이
다. 그것은 다름아닌 본성이자 본성을 바로 깨쳐 아는 깨달음
의 세계다.

　향엄이 돌이 대에 부딪치는 소리로 깨달음을 선언했듯 법연
은 솔바람이 댓잎을 건드리는 것으로 오입悟入의 경지를 설파

하고 있다. 이처럼 선사들은 깨침의 순간을 맞는 데 있어서 영운의 '복사꽃', 향엄의 '대나무', 동산의 '물속의 그림자', 그리고 앞의 비구니의 '매화' 등 자연물과 합일된다. 마치 조주 선사가 '뜰 앞의 잣나무'로 심법을 전하는 이치와 비슷하다.

3) 이미지의 사용기법

시인은 전달하고 싶은 관념이나 메시지, 실제 경험 또는 상상적 체험들을 미학적으로 그리고 호소력 있는 형태로 형상화시킬 수단을 찾는다. 그 수단이 이미지다.[7] 시의 이미지는 시에서 여러 가지 기능을 수행한다. 앞의 글 '들어가는 말'에서도 언급했듯 이미지의 정의 속에서 암시했지만 이미지는 무엇보다도 해석에 도움이 되는 중요한 장치다.

영운지근의 오도송에서의 '칼'은 자성^{깨달음}이다. 분별심을 일시에 단도해버리고 자성의 뜰 앞으로 나아가기 위해 꼭 필요

---

7 김준오, 앞의 책, 107면.

한 것이다. 무명의 비구니가 쓴 오도송의 '봄' 역시 수행자가 누구나 갈구하고 성취하고 싶어 하는 '깨달음'의 상징적 표현이다. 오조법연의 오도송에 나오는 '솔바람 댓잎 소리' 역시 의단을 타파하고 자성의 본향으로 돌아가고자 하는 작자의 이미지어語다. 천동정각天童正覺 : 1091~1157 선사의 오도송에서도 이미지의 사용은 매우 정교하게 나타난다.

그는 깨침을 얻은 자신을 일종의 '강태공'으로 등장시키는 대신 무명에 가리워 법연을 마다하는 중생을 '추위에 놀란 고기 미끼도 물지 않는다.'고 말한다. 이처럼 이미지의 사용은 곧 비유로 이어지게 마련이다. 묘사적 양식으로만 이미지를 사용하는 데 그치지 않고 어떠한 비교에 의해서 관념들을 진술하고 전달하기 때문이다. 이 비교가 소위 비유적 언어, 즉 비유다. 본래 선시가 난해해진 배경은 선사상의 발전과 무관치 않다.

달마와 혜가 사이에 있었던 선문답은 '안심安心'에 있었고 나아가 홍인과 혜능에 이르러 본래면목을 탐구하고 그것을 비유하고 상징화했는가 하면 역설적으로 설명하기도 했다. 그리고 혜능으로부터 견성이 중요시되었고 그의 제자들에 의해 마음을 '일물一物'로 비유하다가 마조 선사에 이르러 다시 즉심즉불로 표현하였고 비심비불로 부정되기도 했다.

그리고 이러한 선종의 부정정신은 임제에 이르러 살불살조란 부정의 미학을 낳기도 했다. 이후부터 불성과 심지, 혹은 본래면목을 은유와 상징으로 표현하는 작업이 이루어졌다.[8] 오도송은 이러한 이미지와 비유의 사용으로 관념시가 되거나 때로는 서정시가 되기도 하고 혹은 깊은 선지를 담고 있는 선리시가 되기도 한다. 이로 인해 오도송은 임종게와 다른 뚜렷한 특색을 지니게 된다.

대부분의 임종게는 적멸을 앞둔 상황에서 치장되거나 화려한 언사를 쓰지 않는다. 다시 말해 오도송의 그것처럼 비유와 이미지를 도입해 사용하는 일이 거의 드물다. 열반 자체가 깨달음을 회향하며 자성의 본향인 적정의 세계로 돌아가는 회귀 의식이기 때문이다. 그러나 오도송은 직관적 선수행을 통해 '일초직입'의 진여의 세계로 들어가는 첫 문이기 때문에 그 희

---

8 김정휴, 앞의 글, 11면.

열과 소회가 남다를 것이고 이를 자연을 빌어 이미지화하고 비유를 통해 깨달음을 전하게 된다.

4) 육화된 경지의 구축

동산양개가 물을 건너다가 그림자를 보고, 향엄지한이 돌멩이가 대나무에 부딪치는 소리를 듣고-擊, 영운지근이 복사꽃을 보고-見, 모녀니某女尼가 매화향기를 맡고-臭 깨달음을 구한 것처럼 이 같은 소식은 이밖에도 수없이 열거된다. 그러나 이들의 깨달음은 일격, 일견, 일취로 어느 순간에 갑자기 이루어진 것이 아니라 피나는 정진과 처절한 수행의 몸부림이 일구어낸 육화의 체험이다.

이 가운데 '과수게'로 일컬어지는 동산의 오도송을 분석해 보면 그의 시는 육화의 체험이 절정을 이루어 빚어진 것임을 알 수 있다. 그는 몸으로써 구도의 개체를, 그림자로써 '자성'을 비유하여 참선인의 깨달음은 바깥에서 구할 필요가 없으며 '자성'은 본래 구족하여 생각과 헤아림으로써 얻을 수 없음을 보여주었다. 육화의 절정으로 빚어진 시는 혼성渾成으로서 새기거나 쪼갠 흔적이 없다.

　"인간의 기교가 극에 이르러 천연의 오묘함이 드러나고, 길
은 끊어지고 바람과 구름만이 통하여" 사람으로 하여금 천취天
趣가 넘쳐 흐름을 느끼게 할 뿐이다.[9] 육화의 경지는 나무랄 데
없는 선기로 나타난다. 당대의 보화普化 선사가 쓴 오도송도 그
중의 하나다.

　　　밝음에서 오면 밝음으로 치고
　　　어둠에서 오면 어둠으로 치고
　　　사방팔면에서 오면 회오리바람 일으켜 치고
　　　허공에서 오면 도리깨로 치고.
　　　明頭來明頭打 暗頭來暗頭打
　　　四方八面來旋風打 虛空來連架打

　보화의 날카로운 선기만큼 도리깨로 한방 맞는 기분을 이
시는 안겨준다. 사방팔면에서 혹은 허공에서 오는 것도 가차

---

9 두송백, 앞의 책, 326~327면.

없이 친다. 보화의 깨침은 미진함이 없기 때문이다. 설령 그 어떤 것이 최고의 진리라 해도 '가졌다' '얻었다'는 의식이 남아 있는 한, 그 모두를 치는 것이 선수행자가 얻고자 하는 세계다.

보화 자신이 어느 하나에도 의지함 없는 불의일물不依一物의 경지에 이르렀음을 잘 보여주고 있다. 우두법융牛頭法融 : 594~657의 오도송 <흡흡게恰恰偈>에 나오는 '적절히 마음을 쓰려 할 때는/ 적절히 무심을 쓰라중략 무심을 적절히 쓰면/ 항상 쓴 대로 적절히 무 되리.'란 구절도 체험의 밑바탕 없이는 도저히 나올 수 없는 '무심법문'이다. 무심은 사심死心과는 엄연히 다르다. 진정한 무심이란 분별하되 분별한다는 의식 없이 하며, 그 분별한 내용에 구애받거나 끌려다님이 없는 마음이다.

나아가 무심 자체까지도 까마득히 넘어서는 무심이다. 이러한 무심이기 때문에 '적절히 쓰면 쓴 대로 적절히 무가 되는', 질량의 법칙에 전혀 적용되지 않는 마음법이다. 이러한 경지는 육화의 절차 없이 맛볼 수 없고 이룩될 수 없다. 그렇기 때문에 깨달은 이들의 선풍은 진작됐고 그들을 흠모하는 수많은 수선납자들에 의해 육화의 대열이 줄을 이었던 것이다.

4. 맺는 말

오도송은 선시의 백미다. 다양한 형식과 내용을 포함하고 있으면서도 궁극적으로는 선시가 지향하고 있는 깨달음을 전하고 있기 때문이다.

바꿔 말하면 깨달음을 전하고 있으면서도 서정적인 분위기가 있는가 하면 서정적 혹은 서사적 시 형태를 모두 아우르고 있다. 때로는 논리와 상식을 초극하기도 하지만 정교한 철학적 사유를 동반하기도 한다.

따라서 이들의 오도송을 감상하는 데는 적지 않은 당혹감과 난해함이, 그리고 깊은 논리적 사고를 요구하기도 한다. 때문에 이러한 정서를 짙게 깔고 있는 선사들의 오도송에 대한 연구는 학자들도 그리 반기는 분위기는 아니었다. 선시에 대한 다양한 해석과 연구는 있었어도 오도송만을 놓고 그것에 대한 연구 평가를 공개적으로 하기란 왠지 께름칙해왔던 것이다.

불립문자와 언어도단이란 선종의 가풍에서 '불락언전'의 시를 내놓은 것인데 이를 언어로 다시 세우고 문자로 '이렇다 저렇다' 하는 것은 괜한 시비의 소지가 적지 않기 때문이다. 졸고 역시 이런 입장에서 크게 벗어나지는 못했다. 오도송의 외형만을 표피적으로 접근해봤을 뿐이다.

그런 결과 유추해낼 수 있었던 것이 대부분의 오도송은 직관적 돈오에 입각한 '깨달음'을 기술하고 있다는 점, 그 깨달음은 자연진여의 세계과의 합일로 돌아가며, 이를 표현하는 데 있어서 이미지와 비유를 도입해 사용하고 있다는 점을 발견할 수 있었다.

나아가 오도송은 인도의 시성 타고르가 무색하리만큼, 어떠한 뛰어난 시인들이라 하더라도 빚어낼 수 없는 육화의 경지에서 나온 것임을 확인하게 됐다. 문학 일반의 정서와 상상을 거스르면서도 선시가 영원히 불멸할 각광받는 문학 장르로 주목받는 것도 이 때문일 터이다.

저자 김종만

대전대학교 국어국문학과를 나와 1988년 〈불교신문〉 기자로 입사했다.

이후 〈주간불교신문〉, 〈법보신문〉 편집부장과 〈제주불교신문〉 편집국장을 역임했다.

월간 『붓다』 편집인을 지냈으며 조계종 호계원, 국무총리소속 10·27 법난피해자명예회복심의위원회에서 명예회복추진반장으로 있었다.

현재 〈불교저널〉과 월간 『선원』 편집장으로 있다.

사회활동으로는 (사)평화로운세상만들기 정책실장을 맡고 있다.

글앤북 지식총서 ①

마음의 밭에 달빛을 채우다 선시 읽기

2013년 11월 25일 초판인쇄
2013년 11월 30일 초판발행

지은이 김 종 만
펴낸이 한 신 규
편 집 김 영 이
펴낸곳 글앤북 Geul&Book

주 소 138-210 서울특별시 송파구 문정동 99-10 장지빌딩 303호
전 화 Tel.070-7613-9110 Fax.02-443-0212
E-mail geul2013@naver.com
등 록 2013년 4월 12일(제25100-2013-000041호)

ⓒ 김종만, 2013
ⓒ 글앤북, 2013, printed in Korea

ISBN 979-11-950284-3-6 03810   **정가** 9,800원